ハーレクイン文庫

ばら屋敷

ジェシカ・スティール

三木たか子 訳

HARLEQUIN
BUNKO

RELUCTANT RELATIVE

by Jessica Steele

Published by Harlequin K.K., Tokyo, 2013

ばら屋敷

◆主要登場人物

アランドラ・トッド……保険代理店の秘書。
ヘクター・ノーラン……アランドラの雇い主。保険代理店のオーナー。
アラン・トッド……アランドラの父方の祖父。
ロバート……アランドラのいとこ。愛称ロビー。
ジョセフィン……アランドラのいとこ。愛称ジョー。
マット・カーター……カーター・アンド・トッド社のオーナー。
ミセス・ピンダー……カーター邸のハウスキーパー。
コリーン・ハミルトン……マットの知り合いの女性。

1

寒村の駅としか言いようのないダッフィールドに降り立ったときから、アランドラ・トッドの心積もりは次々と裏切られていった。

汽車が降ろしていった小荷物の梱包《こんぽう》を調べているずんぐりしたポーター兼駅長のところへアランドラは近づいていった。汽車が降ろしていったのは彼女とその小荷物だけだった。

「いちばん近いホテルを教えていただけません？」

「ホテルだって？」駅長は目の前のすらりとした娘を見上げた。とんでもないことを言う娘だ——駅長の顔つきはそう言っているようだ。暖かな九月のそよ風が娘の淡いブロンドの髪をそよがせている。

「宿屋でもパブでも、ひと晩泊まれるところなら、どこでも……」アランドラに最後まで言わせずに駅長は首を振った。

「パブはあるけどね、泊まれないよ」駅長はにべもなく言って小荷物の点検に戻った。アランドラは着替えだけしか入っていないボストンバッグを右手に持ちかえて、ぼんやりと駅長の手の動きを目で追った。

一カ月前に亡くなったばかりの母親の遺言、それからあの手紙がなければ、こうしてここに立ち往生することもなかったのに……。ダッフィールドに着いたら、ローズエーカー屋敷に行くのは明日にして、その前に両親の故郷がどんなところかこの目で確かめておこうと思っていたのだが、どうやらその予定は変えなくてはならないらしい。

「タクシーは頼めるでしょうか？」

「よりけりだね」駅長は手を休めない。

「何にです？」

「どこまで行くかにさ」

駅長は体を起こした。アランドラは無理に笑顔を作って「ローズエーカー屋敷です」と言った。無愛想だった駅長の目が急に活気をおびる。

「カーター・アンド・トッド屋敷のことかね？」

土地の人にはそう呼ばれているのだと悟って、アランドラはうなずいた。「その屋敷です」

「五キロほど行ったところだ。ジム・ラスキーに電話をしてみよう。品評会で入賞したダリアの花の世話で忙しくなかったら、来てくれるはずだから」そう言うと駅長は古ぼけたれんが造りの建物の中に姿を消した。

これからローズエーカー屋敷に行くのだと思うだけで胸がどきどきする。一度も会ったことのないいやな祖父にもうすぐ会える……。ジーンズではなくてリネンのワンピースにしてきてよかった。淡いグリーンのワンピースはセミ・フレアーで、絹のスカーフは白の水玉を散らしたグリーン。そう何着もない手持ち衣装の中ではいちばんスマートな取り合わせだと思う。

「お嬢さんはついてるよ。ジムはすぐに来ると言っている」戻ってきた駅長はアランドラが手にしているボストンバッグに目を留めて尋ねた。「職探しかね？」

「そういうことじゃないんです」まさか祖父に会いに来たとは言えない。そんなことを言ったら心ない噂《うわさ》がたちまち村じゅうにひろがるだろう。「外で待つことにします」アランドラはにこりともせずに言った。

外へ出てもいやな祖父のことが頭から離れない。あの手紙の署名の書体がちらっと目に浮かぶ。六年前の日付のある手紙。彼の息子、つまりアランドラの父の死を知らせた母への返事……。

母があえぎながら「アランドラ……ローズエーカーへ……お行き」と言ったときのことが頭から離れない。

アランドラはびっくりした。しかしその場では「ええ、そうするわ」と誓わないわけにはいかなかった。

父は二十三年前、一緒に暮らしていた叔母を亡くしてひとりぼっちになった病弱な村娘、相愛のルーシーと手に手を取って家を出たのだ。父も母もそれっきり故郷には帰ろうとしなかった。それなのに母は娘にローズエーカーへ行くように、と言った。

母を亡くしたアランドラは悲しみに暮れてばかりはいられなかった。すぐ職探しをしなくては、その前に母の身のまわりのものを整理しよう――そう思ったアランドラが、涙にくれながら部屋の片づけを始めたのは、母の亡くなった一週間後のことだった。

以前の雇い主のヘクター・ノーランはとてもよくしてくれた。

ヘクターの営む保険代理業の事務所に勤め始めたのは、アランドラが十六歳のときだった。父の死後、母は床についているほうが多い毎日だったが、ありがたいことにヘクターの事務所の上のフラットがちょうど空いて、そこに移り住むように彼が都合をつけてくれたのだ。階段を上がりさえすればいつでも母の様子が見られることになった。

この五月まではそれだけですんでいたのだが、母が二度目の心臓発作を起こしたとたんにすべては変わってしまった。年は越せないでしょう、と医者に言われたときのショックはいまでもはっきりと思い出す。少ない蓄えだけれど今年じゅうは働かずになんとか過ごせる、と判断すると辞めることをヘクターに申し出たのだった。

「きみは四年もいてくれたんだ」ヘクターは辞めるのを思いとどまるようにアランドラに言った。「事務所内で何がどうなっているかきみはよく知っているし……」

「もっと母と過ごしたいんです」アランドラは泣きそうになるのをこらえながら、母にあまり時間が残されていないことを話し始めた。そして父親のような思いやりを見せてくれた四十二歳のヘクターに、目をうるませながらも笑顔を向けた。「新しい人をしこむときに何か困ることがあったら、いつでも呼んでください。わたしはすぐ上にいるんですもの」

そのときも泣かなかったし、母が亡くなって葬儀がすむまで涙を流さなかった。ヘクターと奥さんのビアンカに、わたしは大丈夫ですから、と言ってふたりをフラットから送り出すまでは。だがドアを閉めてひとりだけになると、椅子にくずおれて、アランドラは忍び泣きに泣いた。

母の衣服を片づけて、ふと古びたハンドバッグを開くと、一通の封書が目に留まった。母娘《おやこ》のところへいままで舞いこんできた手紙は電力会社や市役所の納税課の催告状ぐらいなものだった。封書の表にはもとの住所が記されている。アランドラは差出人がだれかを確かめた。私信をくれた人なら母の死を知らせなくてはならないかもしれない。アランドラが〝ローズエーカー、ダッフィールドと記されている。そのときだった――アランドラが〝ローズエーカーへお行き〟という母の声を思い出したのは……。

〈マダム〉と祖父は書き出していた。母の名がルーシーであることはわかっているはずなのに。〈息子の死をお知らせいただきましたが、家族の意向をないがしろにして家を出たときから、エドワード・トッドという人間はわたしにとっては存在をなくしたのでありま す。ご承知のとおり、わたしは息子を勘当しました。家族を見捨てたのみではなく、実業家としての地位と責任を捨てて無一文の女と駆け落ちした、という事実故にほかなりません。その息子が死んだ以上、今後、いっさいの通信は無用とご承知置き願います。あなたに対して経済的援助を与えるつもりはいささかもありません〉

〝アラン・トッド〟という威丈高な署名にアランドラは感情を高ぶらせた。善良で優しくて繊細だった母に対するなんという侮辱だろう。いままでずいぶん経済的に苦しいときはあったけれど、だれかに援助を求めようなどとひと言も口にしなかった母なのだ。すぐにでもローズエーカー屋敷へ行って、母はたしかに無一文だったけれどレディーだった、と祖父に面と向かって言ってやりたい――アランドラはそう思った。

いくら激しい怒りでも潮《うしお》のように引くときがある。面と向かってののしる代わりにしんらつな手紙を書くことで終わらせようか、と思いながらそれからの三週間を過ごしたのだが〝ローズエーカーへお行き〟という母の声が耳の奥にこびりついて離れない。アランドラはとうとう、母との約束を果たす決心をしたのだった。

アランドラが生まれる前から使われているような旧式の車が駅前に入ってきた。

「あなただね、カーター・アンド・トッド屋敷へ行かれるのは?」やせた顔の男がウインドーから首を出した。アランドラはうなずいた。

「ちょっとだけ待ってください。つぎのロンドン行きの時刻をきいてきますから」

「六時ですよ」と運転手に言われてアランドラはそのまま車に乗った。

父の一家のことをほとんど知らないことにいまさらのように気づく。父が話したがらなかったせいもあるだろう。父には兄弟はなかったが、ユーニスという既婚の妹がいる。二十三年前にはその夫とローズエーカー屋敷に暮らしていたはずだ。たしかロバートという名前の赤ちゃんも――もちろんいまは一人前になっているはずだけれど。

ローズエーカー屋敷にはいまはどういう人たちが住んでいるのだろう？　父や母から聞いただけの断片的知識をつづり合わせてアランドラはあれこれと思いめぐらした。〝カーター・アンド・トッド〟というのは、祖父のアラン・トッドとグランビル・カーターという仲よしのエンジニアがふたりで始めた会社の名前なのだ。ふたりがそれこそ工場に詰めっきりになるのに業を煮やした妻たちは、夫たちといつもいられて、両家の子供たちや孫たちが同居しても間に合うくらいの大きな屋敷のある地所に移った。そのとき祖父にはふたりの子供がいたけれど、カーター夫妻が子供をもうけるにはそれから十年、待たなくてはならなかった。

車は曲がりくねった坂を上っていく。ローズエーカー屋敷が広大な地所に立っているということは父から聞いている。カーター家とトッド家を合わせればずいぶん大所帯になっているだろうけれど、いまでもひとつ屋敷に住んでいるのだろうか？

いまは世界的に知られている企業の経営者の孫のひとりなのだ、と思ってもなんの喜びも感じない。車は坂道を上りきり長い車道をたどった末に、どっしりしたとてつもなく大きい屋敷の前に止まった。母の遺言を実行したら六時の汽車でロンドンへ帰ろう、とアランドラは思った。

「待っていていただけますね？」アランドラは運転手にきいた。やせた顔の男は、広々とした芝生や花壇に気を取られながらうなずいた。

アランドラは堂々とした構えのポーチへ上がり、ドアのベルのひもを引いてがっしりした表ドアに面と向かった。母の思い出を汚さないためにも威厳のある態度をくずすまい、と決心しながら……。

ドアが開き、黒っぽい服を着たふっくらとした女性に迎えられた。

「ミスター・トッドにお会いしたいんです」とアランドラは言った。父と似たところがあるかどうかアランドラはその人の顔をじっと見つめて「ミスター・アラン・トッドに」と祖父の名をつけ加えた。いとこのロバートがこの家ではミスター・トッドと呼ばれている可能性もある、と気づいたのだ。

「あいにくミスター・トッドはご不在ですが」その返事で相手がユーニスとは違うとアランドラは判断した。

「で、あなたは？」

「ハウスキーパーのミセス・ピンダーです」

「ミスター・トッドは何時にお帰りに？」

「四時ごろだと思いますが」

時計を見ると、ちょうど三時をまわったところだった。帰りは下り坂だから六時の汽車には間に合うだろう。

「ちょっと待ってくださいね、ミセス・ピンダー」そう言うとアランドラは運転手のところへ戻り、帰ってもらうように話した。ボストンバッグをさげて表ドアまで戻るとアランドラはミセス・ピンダーににっこり笑って言った。「待たせていただくわ、わたしは身内の者なんです。わたしの姓もトッドなの。この家の貴重品を盗みに来たようなあやしい者じゃありませんわ」

厚いじゅうたんを敷きつめた広々としたホールに入ったときにはアランドラの笑顔は消えていた。父を勘当し母にあんな手紙を書いた祖父が孫娘を喜んで迎えるはずはない。アランドラははっきりと〝よそ者〟と感じた。

「客間で待たせていただくわ」アランドラは自分から言って、天井が高くてすっきりとした縞《しま》の壁紙が張られた客間へ通された。当を得たことをしているのだろうか、とミセス・ピンダーはとまどっている様子だ。「わたしがお邪魔したことをミスター・トッドはお喜びになるはずよ」とアランドラは言った。

ハウスキーパーはほっとしたらしく「紅茶をお持ちしましょうか、ミス・トッド?」と言った。

上品な調度――ミセス・ピンダーが去ってからアランドラは客間を見まわした。趣味のいい絵が六点ほど壁にかかっている。狭苦しくて安ものの家具しかないロンドンのフラットと、なんという違いだろう。

ミセス・ピンダーがトレイを運んでくる。「ありがとう、ミセス・ピンダー」とアランドラはていねいに礼を言った。「あとは自分でしますから」

貝殻のような磁器のカップに紅茶を注《つ》ぐ。父が亡くなるまでは何不足ない毎日だった。病気の日のほうが多い母の世話で学校も休みがちだったけれど……。肺炎をわずらった父は、予後がまだ完全ではないのに仕事に戻ったせいでこじらせてしまって……のんびりとしていて、目にいつも笑みをたたえている父がある日、突然いなくなったのだ。父に先立たれた母の取り乱しようをありありと思い出してアランドラの目に涙がにじんだ。

表ドアが開き、こもってよくわからない女性の声に男性の声が重なる。涙を流しているときではない、とアランドラは気持を引き締めた。

カップをトレイに戻していずまいを正した。片ひじをさりげなく椅子の腕にかけすっきりと脚を組んだ。

ハウスキーパーのものとわかる声がまた上がり、深々とした声が応じる。ドアの取っ手がまわる音にアランドラはゆっくりとそちらへ顔を向けた。

　ドアを開けたのは七十に近い人を予想していたのに、三十代半ばぐらいの人だった。背が高くスポーツマン風で髪は黒っぽい。いとこのロバートなら二十三、四歳のはずだし、ロバートの父親のはずもない。入ってくるなりドアを開けたままじっとアランドラを見つめた。

　その人は何も言わずに近づいてくる。目がふっと、椅子の脇に置いてあるボストンバッグに移った。アランドラは窓から差しこむ日差しの中に座っていた。角度のせいで目を射られたので、その人がどんな顔つきをしているか、わからない。

　その人がいっそう近づいたので、今度は顔立ちがはっきり見えた。ハンサムとは言えないけれど、心の大きさがそのまま出ているようにアランドラには思えた。

　だが、その人の口から出たのはぶっきらぼうな言葉だった。

「きみはだれなんだ?」人に指図するのに慣れている口調だ。

「同じことをおききしたいわ」アランドラはかっとしてそう言った。

　男の目が細められる。

「ミセス・ピンダーからきいたけれど、きみはトッドの姓を名乗っているらしいな」そう言うと男は淡い黄褐色のスラックスのポケットに手を突っこんだ。シャツはダークブラウンで、とても落ち着いた取り合わせだ。

「いけないことでもあります?」どうしてかいら立ちを抑えることができないままアランドラは言った。「わたしの姓ですから」

「トッド家とは血がつながっている、と言いたいわけだね?」その人はアランドラの目をじっと見つめながら言った。

この人はトッド家の人ではない——アランドラはぴんときた。では、だれだろうか? 「あなたはカーター家の方なのね」ちらっと思い出しそうになった名前をアランドラは組み立てようとした。

「見上げた推理力だな」皮肉った返事が返る。「ローズエーカー屋敷には四十年以上も、カーター家の人間とトッド家の人間しか住んでいないわけだからな」

「カーター家の方なら……マット・カーター?」アランドラは男の言葉を無視して、やっと思い出した名前を口にした。「父から聞いています。末はどうなるかと思えるような手に負えない少年だって」皮肉へのお返しをこめてアランドラはそうつけ足した。

「父に?」今度は男のほうが皮肉を無視してきいた。マット・カーターなのか、それとも別人なのかの返事もせずにアランドラをまじまじと見つめる。「そうすると、きみは……」

「エドワード・トッドの娘です」アランドラは誇りをもって答えた。

「証明はできるんだろうね」即座に男は言った。「エドワードの奥さんは病弱でとても子供なんか望めない人だ、と聞いていたが」

わたしを産んだために母はいっそう体を悪くしたのかもしれない。ちらっと思いながらアランドラは「できます」と答えた。ハンドバッグの中にはあのひどい手紙が入っているのだ。「はっきり証明できます」

「出産証明書を持ってきたというわけか。用意のいいことだ」あざけりともとれる苦々しい言い方に、アランドラは息をのんだ。「やってきた理由は？」追い討ちをかけるように言って彼はアランドラのボストンバッグをちらっと見た。わたしが施しを求めにきたと思っているのだ。祖父が母を誤解したように……。抑えなくてはと思っていた怒りがどうしようもなくこみ上げる。

「あなたには関係のないことです」きっぱりとアランドラは言った。

マット・カーターとアランドラが判断した男は、口をつぐんだままドアへ向かった。わたしを追い出すためか――アランドラは思った。関係は大ありだ、と思っていることがその人の顔にははっきりと表れている。

だが男がドアのところまで行ったときに、白髪頭の中背の老人が戸口に現れた。とてもかくしゃくとした人物だった。老人にはまだアランドラの姿は目に入っていないのだろう。不機嫌な声で「マット、きみも知ってるように……」と言ったが、すぐアランドラの姿に目を留めて口をつぐんだ。

老人が部屋に入ってくる。アランドラは立ち上がった。老人が近づいてくるのを何も言わずに見守る。

老人は立ち止まり、まじまじとアランドラを見つめた。額には深いしわが刻まれている。アランドラは挨拶《あいさつ》もせずにつんと顔を上げたままでいた。老人が戸口の方を振り返る。マット・カーターがゆっくりとふたりに近づいてくる。

マット・カーターはちらりとアランドラに目をやってから、少し間を置いて言った。

「この女性は……あなたの孫娘だと言ってるんです。エドワードの娘だと」

2

アラン・トッドは雷に打たれたような顔つきになった。「エドワードの娘だって！　きみは……きみがエドワードの娘だと……」老人はショックをそのまま声に出した。

「アランドラ・トッドです」色あせたブルーの目をアランドラはじっと見つめた。

「アランドラ……？」

祖父が驚きの声をあげたのもうなずける。アランドラという名前は祖父の名にちなんでつけられたのだから。しかしマット・カーターがどう思ったのかはわからない。祖父に取り入る手段のひとつ、ぐらいのことは思ったかもしれない。だがアランドラには、祖父がすぐ落ち着きを取り戻して無愛想な表情になったことだけが気になった。アランドラは肉親の情と呼ぶしかないような妙な感情につき動かされるのを感じた。祖父の様子から、やはり祖父の胸にも同じような感情がこみ上げていると思ったのに……。

「わたしの孫娘だということを証明できるんだろうね」ぶっきらぼうに祖父が言う――疑っているのがあからさまに声に出る。「ルーシー・ポーターは子供が産めるような体ではなかったが」
アランドラの胸につかの間忘れていた怒りがこみ上げる。いま目の前にしている祖父は
あのひどい手紙を書いたその人なのだ。
「でも、わたしは生まれたんです、母から」アランドラは声を高めた。やはり想像してい
たとおりのいやな人だ。
「どうして訪ねてきたんだね？」ついさっきマット・カーターがきいたのと同じことを祖
父はいっそうきつい口調で尋ねた。
「この方と親子みたいに似てますのね」アランドラはマット・カーターをちらりと見てか
ら言った。「何を疑っていらっしゃるんです？」
マット・カーターが口を開く気配を見せたが、車道からフルスピードで近づいてくる車
の音がした。そのせいだろうか、マット・カーターがこう言ったのは。「あなたの書斎で
お話を続けたらいかがです？」
「そうしよう。ごく内輪の話だからな」アラン・トッドはうなずいて、アランドラに言っ
た。「では、こちらへ」
アランドラは言われるがままにドアの方へ向かった。
「忘れものだよ」マット・カーターがからかうように言ってボストンバッグを取り上げる。
お礼も言わずに受け取ってアランドラはドアへ向かった。視線が気になって振り返りた

くなるのを、なんとか我慢してそのまま廊下を横切った。

　案内された祖父の書斎は小ぢんまりとして、いごこちのよさそうな部屋だった。ソファが置かれ、書棚には本がぎっしりと並び、窓ぎわには小さなライティング・デスクがある。

「お座り」アラン・トッドはドアを閉めながら言った。「きみがわたしの孫娘だということを信じなくてはならない理由を聞かせてもらおう」

「はっきり申しますけど、信じていただこうがいただくまいが、わたしはどちらでもかまわないんです」アランドラは本当にはっきりとそう言った。「それに、ひと晩だって泊まる気はないんです。母に言われなかったらわたし、ここへは……」

「お母さんがここへ来るように言ったんだね？」祖父はアランドラに最後まで言わせずに、きつい口調でさえぎった。

「あなたは母もわたしも、あなたから何か期待していると思っていらっしゃるようですけど、母はわたしに施しをこいに行けと言ったわけではありません」アランドラは一気にそう言った。「父が亡くなったときに母がお知らせしたことを誤解なさって、ひどい手紙をいただきましたけれど、わたしたちはたとえ飢え死にしてもあなたから一ペニーだって受け取ろうとは思っていないんです」

「見たんだね、あの手紙を？」

　アランドラは返事もせずにバッグから封筒を出し、祖父に手渡した。祖父はその封書にちらっと目をやっただけだった。

「これを書いたときには……わたしは取り乱していて……」驚いたことに、いままで祖父の顔にあからさまに浮かんでいた疑わしげな色はかき消されたようになり、あんなに無愛想だった態度もまるでうそのように消え去っていく。「死んだのが、だれもが三十歳までは生きられまいと思っていたルーシーではなくてわたしの息子だということが、どうにも腑《ふ》に落ちなくて……」

こんな弁解がましいことを祖父が口にするなんて予想もしていなかった。アランドラは、つい情にほだされそうになった。だがあのころの母の打ちひしがれようがまざまざとよみがえる。この手紙は母にとって相当なショックであったに違いない。そして手紙を書いたのはまさに目の前にいるこの白髪の老人なのだ。

「母の死を望んでいたようなお口ぶりですけど、お望みどおりになりましたわ」冷ややかにアランドラは言った。「母は一カ月前に亡くなりました」

「それでローズエーカーに来るように遺言したというわけか」同情の言葉を口にしはしなかったが、祖父の言い方にはもうとげはない。「わたしたちと暮らすように、と言い置いたわけだね？」

「そうは言いませんでした」アランドラは即座に否定したが、どうして〝ローズエーカーへお行き〟と言ったのか母の真意はわからない。「どうして来るように言ったのかはわかりませんが」正直にアランドラは答えた。「ですけど、母に約束したことはこれですませましたから、わたし、失礼させていただきます」

なぜか泣きたい気持だった。すぐここを出なくては、と思ってすばやくボストンバッグを手にするとドアへ向かった。

「行き先は?」

「住んでいるところに決まっています」にべもなく言ってアランドラはドアの取っ手をまわした。

「車寄せにきみの車はなかったようだけどね」

「汽車で来ました。六時の汽車には間に合いますから」そう言ってアランドラはドアを開けた。

「土曜にはないよ、その便は」

アランドラは耳を疑ってくるりと振り向いた。「六時のロンドン行きが……ないですって！　タクシーの運転手が確かに……」

「ジム・ラスキーだったんだろう。彼ならダリアの花のことで頭がいっぱいだから、今日が土曜だということをうっかり忘れていたはずだ」祖父は意地悪げに言った。「今日のロンドン行きは一本もないよ」

狼狽《ろうばい》を見せまいとしてアランドラは冷ややかに祖父を見つめた。わたしが困っているのを喜ぶなんて、なんて人なのだろう。「さようなら」顔になんの表情も見せずに言うとアランドラは祖父にさっと背を向けた。

「ダッフィールドを出る汽車は今日は一本もない」と祖父が言う。

「こんなへんぴなところでも、困っている旅行者をひと晩ぐらい、泊めてくれる親切な人はいるはずですわ」顔だけを向けてアランドラは応じた。

「わたしにそんな仕打ちをするつもりかね?」

「そんな仕打ちですって?」アランドラは眉をひそめた。

「トッド家はこの村では敬意を払われているんだ。きみのプライドの高さは親譲りだということがよくわかった。わたし譲りだと言わせてもらってかまわないだろう。エドワードの娘を泊めずに追い出した、という噂《うわさ》が立ってごらん。わたしのプライドは傷ついてもかまわないと言うのかね?」

「まさか、ここへ泊まれと……」

「問題にもならないかね?」

「なりません」

「きみはきみのお父さんもしなかったことをしようとしているんだ」祖父はちょっとずるそうに聞こえるように言った。「わたしたちはずいぶん激しい言い合いをした。だけど彼はわたしの顔に泥を塗るようなことはしなかった。村のどこかの家に泊めてもらったことなど、一度もないんだ」

まったく表情のない祖父の顔をアランドラは見つめた。快く迎えようとしないこの屋敷からはいっときも早く出たい。だが、はたして父はわたしが村のどこかの家に泊めてもらうことを望んでいるだろうか？　母はどう思うだろうか……？

だがそんな迷いだけではない、何か自分でもわからない強い力がアランドラを引き留めようとしている。しばらくためらった末に彼女は言った。

「承知しました」

祖父はにこりともせずにアランドラの傍らを通ってドアを開け、大きな声で言った。

「ミセス・ピンダー！」

ハウスキーパーに孫娘として紹介され、二階の部屋へ案内してもらった。祖父のずるさにしてやられた気がしてすぐ後悔したが、もう遅い。ひと晩を過ごすのに必要なものだけをボストンバッグから出しながら、明日は始発の汽車に乗ろう、とアランドラは心に決めた。

八時にディナーと教えられたので時間どおりに階下《した》へ向かった。いったいどんな人たちとテーブルを囲むことになるのだろう？

にこりともしなかったマット・カーターはもちろん一緒だろう。それに彼の奥さんも。もしかすると子供たちも……。男らしい彼の様子からしてひとりかふたりということはありえない。それから叔母のユーニスといとこのロバート……。

階下の部屋で知っているのは祖父の書斎と客間しかない。客間のドアは閉まっているが、みんなが集まっているのはそこかもしれない。そう見当をつけてドアを開けた。ほかのドレスを持ってきていないので、アランドラは昼間から着ているワンピース姿だった。そのことにちょっと気後れを感じながら……。

はじめて見る顔はふたりだけだ。食前酒のグラスを手にしているその人たちはアランドラの方に近寄ってもこないし、顔を向けようともしない。祖父がひと言ふた言マットに何か言ってから、三人のもとを離れてアランドラに近づく。

「いとこたちに引き合わせよう」にこりともせずに祖父は言った。

では、ユーニス叔母には息子と娘がいたのだ。ふたりの若い男女に目を向けながらアランドラは近づいていった。いとこたちになら愛想よくしてもらえるだろう……。

「もちろんマットはもう知ってるね」と言われてアランドラはマットの方を向いた。マットはにこりともせずにアランドラを見つめる。アランドラはすぐ視線をはずしていとこたちの方に目を移した。スリムなブロンド娘はちょうどアランドラと同い年ぐらいだろうか。傍らの長身の青年は褐色の髪をのばしほうだいだ。

ふたりは愛想よくするどころか、にこりともしない。青年のほうは――その青年はやはりロバートだった――握手をしながらもぐもぐと「よろしく」とだけ言った。ジョセフィンのほうは口の端をちらっと上げただけだった。

あまりのぶしつけさにアランドラはまじまじとジョセフィンの顔を見てしまった。ジョセフィンは目をそらし、傍らのマットの腕にすがるようにして甘い声で言った。

「マット、おじいさまといらした陶磁器の見本市のことを話してくださるわね」

お似合いな意地悪同士だわ、と思いながらアランドラはジョセフィンの左手に目をやった。だがジョセフィンの指には婚約指輪ははまってはいない。

「話すことなんて別にないよ」マットにとってはジョセフィンは、小さいころから一緒の家で見慣れている若い娘、というだけの様子だ。だが彼はジョセフィンからアランドラへ視線を移しながら言った。「アランが本物に間違いないと言った陶器があったんだ。だけどよく見ると、まがいものだったよ」

いやな人！　アランドラは胸の中で声をあげた。すぐ二階へ行って荷物をまとめ、村へ駆け出したい。この人たちにこんなしたり顔をさせておきたくはない——そんな気持がこみ上げてくる。それともこのまま残ってみんなを向こうにまわして戦うべきだろうか？

ミセス・ピンダーが入ってきた。マットはジョセフィンの手をはずさせてだれにともなく「ディナーにしましょう」と言った。

もちろんマット・カーターのことはいやでたまらない。見下したようにアランドラの安物のリネンのワンピースを見るジョセフィンの目つき、いかにも鈍感そうなロバートの無表情、それから祖父。みんながこんな態度をとるのは、わたしがこの部屋へ来る前に勝手なことをみんなにマットが吹きこんだせいに違いない――そう思っただけで怒りがこみ上げ体が震えてくる。マットに対し宣戦布告の宣言を心の中でする。

「まいりましょう、おじいさま」アランドラはにっこり笑った。顔をこわばらせもせず、声も詰まらせはしない。「こんな広いお屋敷ですもの、どこがダイニングルームなのか迷ってしまうわ」そう続けて、アランドラは祖父の腕に自分の腕をからませた。三人に一挙一動を見つめられているのを充分に意識しながら。

明日になればこの屋敷にはいないのだから、と思いながら笑みを絶やさずにダイニングルームに入る。祖父に椅子を引いてもらって、磨きこまれたテーブルに着く。

祖父は奥の席に、マットはもう一方の端に座る。とても大きなテーブルに五人しかいないので、それぞれに一メートルも離して席が作られている。

「おじいさまと一緒に暮らしているんでしょう？」ミセス・ピンダーがアボカド・ビネグレットをみんなに給仕して部屋を出ていくのを見てから、アランドラはさっそく戦端を開いて真向かいのジョセフィンにきいた。

ジョセフィンは無視する気配を見せたが、ちらっと祖父のほうを見てから「ええ」と返事をした。ロバートはふたりには注意も払わずに無作法にアボカドを食べている。ねらいは当たらなかった――アランドラは思った。

「お母さまたちも、ここで？」アランドラはかまわず続けた。

「きみのいとこの両親は何年か前に離婚している」ジョセフィンの代わりにマット・カーターが答えた。

「お気の毒に」アランドラは本心からそう思ったが、とにかくジョセフィンたちの両親はまだ生きているのだ。「ごめんなさいね。自分の身内のことなのに、ほとんど何ひとつ知らないの」

〝知りたくもないことだわ〟と胸の中でつぶやく。アランドラは父や母との楽しい食卓を思い出した。こんな陰気な食事なんて一度もしたことがない。いとこたちはわたしのことを貧しくてかわいそうな親類と思って見下しているらしいが、かわいそうなのはどちらだろう。この人たちの様子では子供時代は幸福だったとは言えそうもない。わたしは少なくとも幸福な子供時代を過ごしたのだ。

「あなたのお母さまはユーニス叔母さまでしょ？」ミセス・ピンダーがスープを給仕し終わるのを待って、アランドラはまたジョセフィンにきいた。「お元気？」

「ユーニスは再婚してる」今度は祖父の不機嫌な声。「めったに会わないよ」

「よくここが捨てられたわ」よく皆さんを、という皮肉をこめてアランドラはダイニングルームを見まわした。冷ややかな沈黙が応じる。「恋って思ってもみないことをさせるのね」アランドラはつぶやくように言った。

「身につまされているような言い方だな」マット・カーターが皮肉っぽく言った。駆け落ちをした父のことを言われたと思ってアランドラはひるんだ。だがすぐ気を取り直してきき返した。

「あなたはどうなの？　結婚なさってるんでしょ、マット？」

「この人はしてないわ」今度はジョセフィンが返事をした。

代わりに返事をし合うなんて、なんておかしな人たちだろう――そう思いながらアランドラはジョセフィンに笑顔を向けた。「男の人って独身生活が長すぎると、ちょっとのことでは結婚する気にはならないみたいね。そうでしょ？」今度はだれが、と思って食卓を見まわすと、ロバートにうっとりと見つめられていることに気づいた。

「どんなお仕事をなさってるの、ロバート？　大学はとっくに終えてるんでしょ？」ロバートは何も言わずにアランドラを見つめている。なんという髪かしら、と思いながらアランドラは重ねてきいた。「働いてらっしゃるんでしょ？」

「きみはどうなの？」マット・カーターの声がそうきき返す。いま何も仕事をしていないのは母が亡くなったから、という思いがこみ上げてアランドラはちょっと口ごもった。

「いまは……何も」そう答えるのがやっとだった。どうしたわけか、じいんと目の奥が熱くなる。

マットは冷ややかな目でアランドラを見つめていたが、不景気なこのごろでは別に珍しくない失業者のひとりと思ったのだろう。それ以上は何もきかなかった。そのマットに代わって、ジョセフィンが見下すような口調できいた。「どんなお仕事に……ついていたの？」

「秘書よ」

「あら」ジョセフィンはちょっと言葉に詰まった様子だった。「じゃ、専門のカレッジへ行ったのね？」ためらいがちにジョセフィンが言う。

この人の意地悪はもともとの性質ではないのかもしれない、とアランドラは思った。テーブルを見まわしたが、ほかにはだれも言葉を交わしてはいない。みんなが返事を待っているように見える。祖父は無表情のままステーキの最後のひと切れをフォークに刺している。ロバートは相変わらずうっとりとアランドラを見つめている。マット・カーターはアランドラが何を言おうと信じるものか、という顔つきだ。

「あなた方がわたしのことをご存じないのは当然ですけど」アランドラはほほ笑みを浮かべてひとりひとりに目を配ってから、祖父ににっこりと笑いかけた。「でも、もう安心していただけると思うわ。おじいさまにはわたしが孫娘だという証明はできたの。そうでしょ、ディアー？」だれからも〝ディアー〟などと呼びかけられたことはないのだろう。祖父の目は丸くなった。ロバートもジョセフィンも目をむいている。アランドラは胸の中でくすっと笑った。

「おまえとわたしとのあいだだけのことにしておくことだ。ほかの者は知らなくてもいい」祖父は気を取り直してぶっきらぼうにそう言った。

手紙のことをみんなに知られたくない、ということなのだろうか。恥になることなのだから……。小気味よさはつかの間に消え去り、アランドラは苦々しい気持でそう思った。ミセス・ピンダーがデザートを給仕しに入ってきたので、会話は中断した。ミセス・ピンダーがダイニングルームを出ていったときには、アランドラはもう挑発し続けるのがいやになっていた。だが、いとこのふたりは宙ぶらりんになった話をアランドラがどう続けるか、じっと注意を向けている。

「専門の学校へ行ったことはないの」アランドラは答えた。「父は――みんなからネッドと呼ばれていたけど」アランドラは祖父に笑顔を作ってそう注釈を加えた。祖父にしてみたら自分の息子をネッドと呼びたいだろうし、アランドラ自身にしても、エドワードという堅苦しい呼び方ではあのいつも目に笑みをたたえていた父にそぐわない、と思える。「わたしが十四歳のときに亡くなったんです。十六歳で高等学校を終えて、そのあとは夜学で勉強したの」

夜学へ通ったことはただのお遊びなのだという口調で話せた、とアランドラは思った。教室へ駆け出していって駆け足で家へ戻ったことなどそぶりにも出さなかった、と。

「一日も休まずに通ったことだろうな」マット・カーターが言った。どういう含みがあるのだろう？　アランドラにはわからない。

「よく休んだわ」アランドラはマットににっこりと笑いかけた。母の具合が悪いときは早退したり休んだりしなくてはならなかったし、その遅れを取り戻すために必死に勉強しなくてはならなかった。そんなことをこのマット・カーターにだけは知られたくない。

マット・カーターはそれ以上は何もきかなかった。アランドラはほっと息をついた。

「どこに住んでるの？」ロバートがはじめて口をきいた。

「ロンドン。でもずっと同じところに住んでいたわけじゃないわ」

「何度も引っ越したのね？」ジョセフィンがきく。

「ええ」アランドラは、ジョセフィンの何気ない様子とは裏腹の、とげがむき出しになった言い方にも驚きはしなかった。

「そうする人がいる、って聞いたことがあるわ。生活が苦しくなると夜逃げ同然に引っ越す人がいるって」

ひとすくい分だけ残った目の前のアイスクリームをアランドラはじっと見つめた。テーブルは静まり返っている。だれも何も言う気配を見せない。もちろんだれかが助けてくれるわけもないし、助けを当てにする気もない。ひとりきりでこの場を切り抜けなくてはならないのだ。

アランドラはあわてずに最後のひとすくいをすくって口に入れてから、おもむろに立ち上がり、お高くとまっているだけしか能のない頭の空っぽなブロンド娘の青い目をじっと見つめた。

「ジョセフィン、ディアー」とアランドラは穏やかな声で言った。「あなたはまさか、おじいさまの孫娘がひょっこり現れるとしたら、生活が苦しくなったからに決まっている、としか考えられないわけじゃないでしょうね？」

ほかの人たちに〝おやすみなさい〟を言いもせずに顔をつんと上げて、アランドラはドアへ向かった。女性に対する礼儀と考えたのだろうか、椅子の脚が床をきしらせる音が上がり、立ち上がる気配がした。そうしたのがひとりきりなのかそれとも男性たち三人なのか、アランドラは気にもしなかった。やがて大きな笑い声がアランドラをダイニングルームから送り出すように響いたが、それはだれの笑い声だったのだろうか？

3

翌朝の起き抜けにも、その笑い声のことが頭にあった。マット・カーターの笑い声に違いない。彼が笑ったのは、ジョセフィンの頭の空っぽさをアランドラがほのめかしたためだったのだろう。だが、はたしてそうだろうか？　アランドラは考えにふけりながらシャワーを浴び、ジーンズとシャツに着替えた。

あの笑い声はこの冷たい陰気な屋敷にはまったく不似合いな響きだった。窓ぎわに寄ってどこまでも続く牧草地のゆるやかな起伏を眺めているあいだも、アランドラの疑問は解けなかった。何かいやな含みがこめられているように思えてしかたがない。

しばらくのあいだ窓辺でぼんやりとしていたが、これ以上マット・カーターのことで頭をわずらわすのはやめなくては、と思った。まだ汽車の時刻もわかっていないけれど、できるだけ早くここを出ることにしよう。アランドラはそう思って部屋を出た。

階段をおりきったところで、廊下のチェストに置かれているセーブル焼の花瓶が目に入り足を止めた。こういう美しい美術品に父は執着しなかったのだろうか？　父と母が手に手を取って駆け出していく姿がありありと目に浮かぶ。

アランドラの口もとは思わずほころんだが、それもつかの間だった。別の思いにとらえられて顔がこわばった。みんながどうしてあんなふうに敵意をあらわにしたのか、どうしてマット・カーターがだしぬけにあんなふうに笑ったのかも、いま、はっきりとわかった。いとこたちもマット・カーターもわたしが財産目当てにここへ来たと思っているのだ！

「おはようございます、ミス・トッド」いきなり声をかけられてアランドラはびくっとしたが、なんとか取りつくろった。

「おはよう、ミセス・ピンダー」

「朝食の間《ブレックファストルーム》をお探しなのでしたら、こちらです」とハウスキーパーは言った。別に探していたわけではないけれど、濃いコーヒーを飲めば気持は落ち着くかもしれない。

朝食の間にはまだだれもいなかった。トーストも入りそうもなかったので、コーヒーだけを頼んだ。ミセス・ピンダーが出ていってからも考えるのが恐ろしくて、部屋を見まわし、美しい彫りの入ったサイドボードに目をこらした。フランス窓の向こうに人影が動く。すばらしいばら園で祖父がのんびりとばらの手入れをしているのが見える。

しばらくのあいだ、そのままばらの手入れをしていてくれますように、と念じながら、あのいやな考えに改めて想念を戻した。

いやなことだが、いとこたちやマット・カーターがどんなふうに思いこんだかを正確に知らなくては――アランドラはそう思う。

父の相続分は祖父の財産の半分だろうから、わたしの相続分もそういうことになるだろうか？　それとも、いとこたちと三等分した三分の一ということだろうか？　とにかくあの人たちは、わたしがその権利を主張しにやってきたと思っていることは間違いない。カーター・アンド・トッド社の株を少しばかり持っているということだって大した資産になるのに、問題になっているのは会社の資産の全体なのだ。

もちろんわたしには祖父の財産を当てにする気持はこれっぽっちもない。祖父から一ペニーたりとも受け取る意思はない。だがあの人たちにはわたしのそんな気持はわかりっこないだろう。わたしがやってきたのは相続の権利を主張するためだと、はじめからきめつけていたのだから。昨夜のディナーに集まったときのみんなの態度がはっきりとそのことを語っている。

ディナーの最中のわたしの態度も、だから完全に誤解されてしまったのだ。その挙句がマット・カーターの高笑いなのだ。

悔しさがこみ上げてくる。ああ、この屋敷に泊まりさえしなかったら。もっと頭を働かしてさえいたら……。

ドアが開き、コーヒーポットを手にしたミセス・ピンダーとマット・カーターが入ってきた。マット・カーターに激しい嫌悪を感じたが、ベーコン・エッグを注文するやりとりが手短になされているあいだに、なんとか抑えこんだ。

彼がテーブルにつき、アランドラはポットに手をのばしながら笑顔で言った。「おはよう、マット。ブラック？　それとも……」

彼はむっつりした顔で「ブラック」とさえぎるように言っただけだった。朝はいつも不機嫌ということなのだろうか。

コーヒーを注《つ》いでからアランドラは「アルカリ飲料にしたらどうかしら？　いやな気分のときには効果があるらしいわ」と言った。

彼は眉根をぎゅっと寄せてアランドラをにらみつけ「いつまでいるつもりだね？」ときいた。このテーブルからさっさと立ち去ってほしい――アランドラには彼がそう言っているように思えた。

一カ月ほど、と答えたらこの人はどんな顔をするだろう。しかし、わたしがここへ来たわけを完全に誤解しているのでは驚くはずがない。

「朝の汽車で帰ります」気持を抑えてアランドラは言った。

「ずいぶんと……急なことだな」彼はことさらのようにゆっくりとアランドラに目を向けた。「発《た》つわけにはいかないんじゃないか、ここへ来た目的を果たすまでは？　きみは……」

「ここへ来た目的？」彼が何を言っているのかは終わりまで聞かずにわかった。やはり推測していたとおりだった……。アランドラはかっとなった。「そうなの、やはりあなたは、わたしが相続財産に目をつけてやってきた、と思っているわけね？」彼は何も言わずにアランドラを見つめている。「いいアイデアね、それも」アランドラは皮肉な口調で言い添えた。

「悪くないアイデアだな」マット・カーターはあざけるように言って、相変わらずじっとアランドラに視線をそそいでいる。「思惑どおりになるならね」

アランドラはいっそう皮肉をこめて応酬した。「まさかわたしのだいじなおじいさまが全財産を老人ホームか何かに寄付するつもりでいる、とおっしゃるつもりじゃないでしょうね」

マット・カーターはテーブルにひじをついてあごをさすりながら、しばらくあれこれと思いめぐらしていたが、やがて口もとにふっと笑みを浮かべて言った。

「彼はそうしたいだろうね、残す財産があるなら」

アランドラは思わず大きく目を見開いた。カーター・アンド・トッド社は一流企業なのだ。破産するなんて考えられない。いったいこの人は何をにおわせたいのだろうか？

「カーター・アンド・トッド社が危ないとでもおっしゃりたいの？」

「会社の業績はのびる一方だよ」

「じゃ、どうして……？」アランドラの言葉を彼がさえぎるように言った。

「社名を変えるまでもない、と思っている状態だということだよ」彼の目にはもう皮肉もあざけりも浮かんではいない。「きみのおじいさんはもう株主ではないんだよ」

アランドラは彼の目をじっと見つめた。「株主ではない、ですって……?」

「わたしに株を売り渡した、ということだ」

「じゃあ……」と言ったままアランドラは先を続けられなくなった。たしかロバートの姓はトッドではなかったが、その孫息子に譲り渡すはずの権利さえ会社にはない、ということだろうか……。

ばらの手入れに余念のない祖父の方へ視線を向けた。父が、あの人の息子が、言いつけどおりに会社の仕事に精を出さずに、不釣り合いな女と結婚した、ということであの人は父を勘当したのだ。都合しだいでどんなことでもする人なのかもしれない。悲しみに打ちひしがれていた母にあんなひどい手紙を書いた人なのだから……。

アランドラは視線を目の前のマットに戻した。彼はまるで胸の中を残らず読み取っているような目でアランドラをじっと見つめている。この人もあの人と同様、都合しだいではどんなひどいことでもするに違いない――アランドラは思った。そんな気持を見抜いているような皮肉な口調で彼は言った。

「納得したようだね?」

「会社はあなたのものなのね」

「この期に及んで知らなかったふりをするとはね」

「乗っ取りのこと？」アランドラはそう言い返した。

彼の目にまたあざけりの色が浮かぶ。「取るものもとりあえずここへ来たわけだからな。そうだろう？」

母にした約束をこの人が知っているわけはないのに――アランドラは思った。「どういうことです？」

「どこまでもしらを切るつもりかね。わたしがひとりで会社を経営することになったという見出しは金曜の朝刊の第一面に出ていたはずだ」

読んでいないはずはない、ときめつけるような口調だった。だがアランドラはここしばらく新聞に目を通していない。

「ごめんなさいね、何も知らなくて」ぶっきらぼうにアランドラは言った。「あなたがおっしゃりたいのは、祖父が大会社の半分の株を売ったのをわたしが知って、そのお金を当てにしてきた、ということね？」アランドラは思いついたことをそのまま口にした。

「そういうことだ」マットもぞんざいな口調で応じる。「だけど、きみにはあいにくだが、新聞にはのらなかったことがあるんだ。金銭業務はもう何年も前にすんでいるんだよ。そのとき、きみのおじいさんは債権者に支払うためのお金が必要だったんだ。金曜に売買が成立したというのは新聞の上だけのことだよ」

何年も前にというのは母が祖父に父の死を知らせたころのことではないだろうか？　祖父は経済的に行き詰まっていたから、あんなに険しい言い方で、経済的な援助を与えるつもりはない、と書いたのではないか？　誇り高いトッド家の血がそうさせたのではないだろうか？　債権者に支払うために祖父は一ペニーでも必要だったのだから。もしそうだとすると……。

そんな思いを振り払うようにアランドラは目を上げた。マットはたかのような目つきでじっとアランドラを見つめている。

「祖父はお金持ではないということですね」祖父に対する怒りがぐらつくのを感じながらアランドラはそう言った。

「何かいいアイデアでも思いついたかね？」傲慢《ごうまん》無礼な態度でそう言われると、誇り高いトッド家の血が黙って引きさがっているわけがない。

アランドラはまばたきもせずにまじまじと目の前のたくましい顔に見入った。白髪まじりの髪がかかっている高い額。びくともせずに見つめ返す目。あくまでも自分の意思を押し通そうとする断固とした口もと……ゆっくりと彼の目に視線を戻してアランドラはにっこりと笑いかけた。

「思いついたわ、マット」

昨夜、祖父に向けたのと同じ甘ったるい口調でアランドラは言った。悪魔にそそのかされたような気分だった。

「どんなに片意地な人でも簡単に取り入ってみせるわ」

彼の反応は唐突でしかも激しいものだった。「やめないか！」アランドラをきっとにらみつけて、声を押し殺すようにして彼は言った。「男に向かってその長いまつげをしばたたけばいいままではうまくいったのかもしれない。だけど、二度とこんなことをしてみろ……」テーブルに置かれた手がぎゅっとこぶしを握る。あまりの剣幕にアランドラはたじろいだ。「金のにおいを嗅《か》いで精いっぱい愛くるしくして見せたって、わたしはたらしこまれはしない」

ミセス・ピンダーが戸口に近づく足音を聞きつけたのでアランドラはさっと椅子から立って、ドアを開けに行った。ふっくらとしたミセス・ピンダーを盾にして椅子に戻る。彼の前にはベーコン・エッグのお皿が置かれた。

「そんなことしました？」アランドラはつぶやいた。

ドアが開いて祖父が入ってきた。ミセス・ピンダーに無愛想に朝食を注文してから、自分の席に着く。アランドラやマットの方を見ようともしないし、声もかけない。マット・カーターがさっき〝おはよう〟さえ言わなかったことを、アランドラは思い出していた。

この人たちはずっとこんな挨拶《あいさつ》もなしの朝を迎えていたのかもしれない。そう思いながら、アランドラは歌うように「おはようございます、おじいさま」と言った。

アラン・トッドは不意討ちをされた様子だったが、ゆっくり眠れたかどうかをきき返した——やはり無愛想に。

「ええ、ありがとうございます、おじいさま」

アランドラはかまわずに、はずんだ声で続けた。

「ぐっすり眠れましたわ」

目が合うと祖父が苦虫を噛《か》みつぶした顔になっている。アランドラは祖父の目を見つめ返した。いとこたちはふたりともこんな言葉をかけ合うことさえしたことがないに違いない。

「もうちょっとしおらしくしてもらえないかね、若い娘らしく」不機嫌そうに言いながら祖父はナプキンをリングからはずした。だが祖父の口もとがちらっと動くのをアランドラは見逃さなかった。ユーモアの感覚が呼びさまされたということだろうか。

「はい、おじいさま」アランドラは急にしおらしくなって言った。胸がなんとなくはずむ。「でもわたしの態度を我慢なさるのも、もうちょっとのあいだだけだわ」祖父が眉根を寄せてアランドラを見つめる。茶目っ気たっぷりにアランドラは続けた。「さようならのキスがすみしだい、わたしは立ち去りますから」

祖父の眉間《みけん》のしわが深くなるにつれてアランドラのうきうきした気分はしぼんでいった。キスの挨拶さえろくにされたこともなかったのだろうか？　祖父のことを、気の毒に思い始めていた。そんな気持を自分が持つことにためらう。

「で、行く当てでもあるのかね？」そうきかれてアランドラは面くらった。今日ロンドンへ戻ることは昨日、言ったはずだ。どうして忘れたふりなどするのだろう？

「今夜は家に戻って自分のベッドでゆっくりやすむつもりです。もちろん昨夜もぐっすり眠れましたけれど」アランドラは明るい声で答えた。

「出ていくって言うのだね！」祖父は大げさに言う。よく知っているくせに、とアランドラはまたいぶかった。

「なるべく早い汽車で」アランドラは答えた。祖父とマットがちらっと視線を交わす。アランドラは気持を引き締めた。ミセス・ピンダーがいれ立てのコーヒーと祖父のオートミールを運んできた。

なぜこんなふうに、わたしの出発にこだわるのだろう？　アランドラはそう思いながら祖父のカップにコーヒーを注ぐ。そして自分のカップにもコーヒーを満たした。

カップを口もとに持っていく。なんだか雰囲気が違っている！　神経質になっているせいだろうか？　ひと口飲んでそっとカップをソーサーに戻し、マット・カーターの顔をうかがった。目が合ったのに、なんの表情の動きも見られない。祖父をちらっと見たが、やはり無表情だ。だがアランドラには、ふたりが目だけで示し合わせた気配をはっきり感じることができた。

「何時に……?」声をとがらしてアランドラは言いだした。

「今日ロンドンへ帰りたいんだろうけどね」と祖父が表情を動かさないままさえぎった。

「汽車は何時になっても駅へは入ってこない」どういうことなのだろう? アランドラはまじまじと祖父の顔を見つめた。祖父の口もとがひきつったように動く。「マットはきみに言い忘れたのだろうが、日曜日にはダッフィールドを通る汽車は一本もないんだ」

アランドラはそれを聞くと、さっと立ち上がり、ふたりをきっとにらんだ。そうしてナプキンをテーブルにたたきつけて朝食の間から駆け出した。

そのまま足にまかせて屋敷から遠ざかったが、何時間か歩きまわっているうちに怒りはしだいにおさまっていった。けれどもローズエーカーの人たちへの嫌悪はおさまりようもなかった。もちろんミセス・ピンダーは例外だったけれど……。ランチタイムにもアランドラは帰らなかった。

五時まで外でがんばっていたが、くたくたに疲れきってしまい、やはりローズエーカーには戻ろうと思い始めた。父や母がよく知っているに違いない美しい丘々が気持をなだめてくれたせいだろうか? 彼女自身は認めたくはなかったけれど、情にほだされて、ということもあったかもしれない。あんな無愛想でずるがしこい老人に愛情なんか持つものですか——懸命にそう自分の胸に言い聞かせてはいたが……。

車が二台、車寄せに止まっていた。アランドラはちょっと二の足を踏んだものの、廊下ではだれともでくわさなかった。まっすぐ二階に上がってそのままベッドに身を投げかけた。

八時二十分前に風呂に入り、ボストンバッグにしまったままのリネンのワンピースのしわを気にしながら着替えた。

客間に入ったときにはもうみんな集まっていた。みんなの目がいっせいにそそがれる。ジョセフィンの目がリネンのワンピースに留まっているのが特に気になった。

「もうディナーの用意はできているが、その前に何か飲む？」マットがそう言いながら近づいてくる。この人は少なくともマナーを心得ているんだわ、とアランドラは思った。彼女の存在を認めたのはマットひとりだけなのだ。ロバートは靴の飾りひもを直しだしたし、ジョセフィンは何くわぬ顔で祖父と話を続けている。

「結構ですわ」マットの愛想のよさに気持を許したらどんなしんらつな言葉が返ってくるかわからない。アランドラは注意深く答えた。「冷めたスープから始めるのではせっかくのディナーがだいなしになってしまいますから」

ジョセフィンが祖父の腕にすがるようにして先頭に立つ。〝わたしのおじいさまよ〟と声高に言っているようなそぶりだ。それを見ても別に反感はわかなかった。ディナーにおりてきたのはとにかくおなかがぺこぺこだったからなのだ。

あんまりおなかがすいているので、だれかと争う気にもなれない。おいしいお料理に舌つづみを打ちながらアランドラはみんなの話にただ耳を傾けていた。

耳を傾けているうちに、ジョセフィンはジョーと呼ばれ、ロバートはロビーと呼ばれていることがわかった。マットはマットのままだ。きちんとマシューと呼ばれたことは一度もないのかしら？　なんとなくおかしい。

「たったいま顔をほころばしたようだけど、アランドラ」テーブルの向こうの端から声が飛んできた。「楽しいことを考えていたんだろうね？」

油断したらぐさりとやられるに違いない。アランドラは言葉を選んだ。「今日はすてきな一日を……過ごしたと思っていたんです」外で過ごした、と言いそうになったが、もちろん控えなくてはいけない。

「丘を歩きまわったんだね？」マットがまたきいた。

何か含みでもあるのかしら、と思ったがアランドラは額面どおり受け取ることにした。

「ほんとうにすばらしい景色なんですもの。戻るのが惜しいくらいだったわ。このお屋敷もとても堂々とした眺めだし……」見まわすとみんながアランドラに目を向けている。どうしても茶目っ気が抑えられなくて彼女は言い添えた。「遠くから見てもとてつもなく立派なんですもの……ずいぶんと高価なお屋敷なんでしょうね！」

マットの目が氷のように冷たくなる。痛烈なしっぺ返しがくるに決まっている――アランドラは覚悟した。だが彼は口をつぐんだままだ。部屋じゅうがしいんと静まり返っている。

「残念だわ、明日、発たなくてはならないなんて」アランドラは続けた。おいしい食事をしたせいでみんなを挑発する気にやっとなれたようだ……。

「明日、帰るの？」ジョセフィンが声をはずませた。

「ええ、できるだけ早い時間に」

「八時の汽車があるわ。よかったら駅まで送っていきましょうか？」ジョセフィンはいっそう声をはずませる。

「九時前におりてきたことがないじゃないか」アラン・トッドがそう言っていら立たしげにナプキンをデザートの皿にほうった。

「わたしのためですもの、早起きをしてくれるわよね？」アランドラは皮肉をこめてそう言った。驚いたことに、頭の空っぽなはずのジョセフィンが恥ずかしそうに頬を染めている。鈍感な人、と勝手に思っていたが間違いのようだわ！

謝らなくては、ととっさに思ったが、昨夜からの人を見下したような態度やリネンのワンピースに向けられた目つきを思い出して、そうすることをとどまった。ローズエーカー屋敷の人たちに対して改めて怒りがこみ上げてくる。アランドラは今朝と同じように、さっと立ち上がり「やすませていただくわ」とだれにともなく乱暴に言って、ダイニングルームを出た。椅子が二脚ほど引かれる音があったが、今夜は高笑いは追ってこない。

ちょうど階段を上がりきったところで、廊下へ向かってくるみんなの声がした。どんな話をしているのかはよくわからないけれど、ロバートがやり玉に挙げられているらしいのは察せられる。ひときわ大きな祖父の声がこう言っている。「頼むからその髪をなんとかしてくれないか！」

なんておかしな一家かしら——そう思いながらアランドラは部屋へ入った。

三十分後、コットンのナイトドレスに着替えて、ワンピースをボストンバッグに詰めていると、ドアが音もなく開いて冷ややかな目つきのままのマットが入ってきた。

アランドラははじかれたように立ち上がって、息をのんでマットを見つめた。マットの視線は、体の線がはっきりとわかるコットンのナイトドレスの上をゆっくりと動いている。はっと気づいてアランドラはあわててローブに腕を通した。

「五分早く入ってきていたら、何も着ていないところを見られたでしょうね」アランドラは怒りにまかせてそう言った。「今度、用事があるときは、こぶしがあざになるくらいドアをたたいてください」

「発つ準備をしているんだね？」ベッドにのせたボストンバッグにマットは目を移した。

「ご聡明ですこと」アランドラは精いっぱいいやみを言った。そして念を押すように「こんなお墓みたいなところにこれ以上滞在するなんてお金をもらってもいやですから」と言った。

彼はアランドラのいやみな言い方に取り合わずに、こう言いだした。

「たしか、生活は苦しかったと言っていたね？」

次にどんなことを言われるのかわからずにアランドラは彼を見つめたままでいた。

「いまでも苦しいの？」彼は尋ねた。

あなたから見れば無一文でしょうね、と思いながら、アランドラは肩をすくめた。「恥じなくてはいけないこと？」

「いまは仕事をしていない、とも言っていたね？」

彼が何を言いたいのかアランドラにはさっぱりわからない。信じようとしてもくれない人に何を言ったってしかたがないとは思ったが、隠し立てをしなくてはならない理由もない。

「病気のひどくなった母の面倒を見るために勤めを辞めたんです」

マットの目にはなんの表情もない。やはり信じてはもらえなかった、とアランドラは思った。ロンドンへ帰ってもフラットにもう母は待ってはいない――そんな思いが不意にこみ上げて、目の奥がじいんと熱くなった。わたしがどんな思いでいるか何も知らないくせに、この人はノックもせずにいきなり入ってきて、生活は苦しいだろうとか、仕事はしていないんだろうとか問い詰める……。

「お金をもらってもいやだ、と言ったね？」マット・カーターが続ける。

「え？」とアランドラはきき返した。「もう一度言っていただけません？」

彼ははっきりと言った。「いやなことをやってもらう、ということだよ。滞在すればお金を払う、ということだ」

4

アランドラは自分の耳を疑った。だが彼ははっきりと、報酬を払うから滞在しろ、と言っているのだ。

「からかうのはやめて」いら立ちながら彼女は言った。

「からかってはいない」彼がもどかしそうに言う。

本気だということは、どうやら本当らしい。だが、いったいどういうわけでこんなことを言いだしたのだろう？　何かよっぽどのわけがあるに違いない。しかし、マットのたくらみがわからない以上、わたしのほうもこのローズエーカー屋敷にこれ以上滞在はできない。アランドラはそう思った。

「お金を払うから滞在しろ、とおっしゃるのね？」いら立ちを隠そうと、笑みを作ってアランドラは念を押すようにきいた。

「そう言ったはずだ」彼はぶっきらぼうに答える。

ぴしゃりと言われて思わずむっとしたが、アランドラはなんとか自分を抑えた。

「お座りになって」甘ったるい口調で言うと、ベージュ色のベッドルーム・チェアーを指さし、アランドラ自身はベッドに腰をおろした。「理由をお聞かせいただきたいわ」

彼は口もとをぎゅっと結んで窓ぎわに寄った。アランドラに背を向けたまま窓わくを指でゆっくりとたたき始める。まるで、十まで数えてから言おうと思っているように。

その音に合わせてアランドラも数えた。十まで数えたときに指の音がやみ、マット・カーターがくるりと振り向いた。彼の目は彼女の淡いブロンドの髪から目へ、口もとへと移り、それからおもむろに言った。

「きみがやってきて……アラン・トッドはとても元気になった……」

「元気になった、ですって?」アランドラはいぶかった。あの苦虫を噛《か》みつぶしたような顔つきでそうだと言うなら、以前はいったいどんな顔をしていたのだろうか?「わたしが考えているあの気むずかし屋のお年寄りと同一人物のこと?」

「同一人物に決まってる」彼はつっけんどんに言った。「彼のことをろくに知りもしないくせに、そんな……」

「知りたくもないわ」とアランドラはさえぎった。

「つまり、きみがここへ来たのは金曜の新聞を読んだからだということは認めるわけだね?」

「認めるわけがないでしょう!」アランドラはかっとなったが、懸命に気持を静めた。

「たしか、わたしのせいでおじいさまが元気になったというお話でしたわね？」

マットがスラックスのポケットに手を突っこむ。彼のほうも懸命に気持を抑えようとしている様子だ。

「きみがここへ来てからの彼を注意して見ていたんだ。きみの……生きのよさにすっかり感心している彼をね」穏やかな口調で彼は言った。

「ずいぶん気をつけて見ていたんでしょうね」マット・カーターがそこまで観察していたなんて、アランドラはこれっぽっちも思ったことがない。

「何ひとつ見逃してはいないさ」アランドラの当てこすりなど無視するように彼はそう言った。見ていたのは祖父のことだけではない、とでも言いたそうに。「とにかくわたしにはずっと気がかりだったんだ。アランが昔どおりではないということが。生きる張りをなくしているんじゃないかと思ってね」

祖父に対してわたしがどれほど怒りを燃やしているか、この人は知りもしないし知ろうともしない——そんなことをアランドラはちらっと思った。勝手に気にかけていればいい、わたしには関係のないことだわ！

「年を取ったということじゃないかしら？」アランドラはわざと残酷な口調で言った。

「彼はまだ六十九歳だ」胸のむかむかをなだめすかすような押し殺した口調だ。「わたしには普通の老化とはとても思えない。彼はまるで下士官のように、のべつまくなしにどなり声をあげていたんだ」アランドラは祖父のどなり声を二度聞いている。この人が言うほど衰えたとは思えない。するとマットがそのことを言った。「その彼がどなるのを久しぶりに耳にしたんだよ、きみが来てから」

「つまり、あの老獪《ろうかい》なきつねをほえさせておくためにわたしを置いておきたいということね？」皮肉たっぷりにアランドラは言ったが、理由がわかったせいで緊張が少し解けてきた。「彼のことが好きなのね？」彼女はきいた。

「恥じるべきかね？」マットはそうお返しをした。「彼とはずっと一緒に暮らしてるし、わたしにとっては父親も同然の人だ。わたしの父はとっくに亡くなっているからね」

多感な年ごろに、ということだろうか——アランドラは思った。

「だったらわたしたちは身内みたいなものだわ」同情がわくのを振り払うようにしてアランドラはわざとはずんだ声を出した。「もちろんキスの挨拶《あいさつ》を交わす程度の親類、ということですけど」

マットの眉根がぎゅっと寄った。失言だった、とアランドラは思った。この人にとって、わたしはキスという言葉さえ思い浮かべたこともない女に違いないのだから。たとえ挨拶のキスにしても……。

「わたしに取り入ろうなんていう考えは、捨てることだな。きみみたいな女は掃いて捨てるほどいるんだから」彼は押し殺したような声で言った。

「残念だわ」アランドラはひるんだが、それでもなんとかそう言いつくろって、さりげなく話を戻した。「その雇用関係はどのくらい続くんです？」

「そうだな……三カ月としておこうか」マットもさらりと言う。

「三カ月も！」思わずアランドラは声をあげた。三カ月の懲役を宣告されたように……。だが彼女はすぐ気を取り直した。八時の汽車に乗ることしか頭にはない、という印象を与えるように、ゆっくりと言った。「大変な出費になるでしょうに」

「約束は守るよ。きみが承知してくれれば、三カ月後に千ポンドの小切手を渡すことにしよう」

食費も部屋代もいらない千ポンド、ということなのだろう。ロンドンのフラットをずっと借りておく費用を引いても、よすぎるくらいの条件だ。かんしゃく持ちの意地悪と同じ屋敷に暮らす、という条件さえなければ！

「千ポンド！　それっぽっち！」アランドラは冷ややかに言い放った。「大会社の経営者でしょうに、召し使いには雀《すずめ》の涙ほどの給金しか出さないのね！」

「きみに渡す小切手はわたし個人のものだ。会社の資金から出すわけじゃない。それに、きみが言う召し使いには、もっと高給を支払っている」マットは悪意のこもった口調で言った。「それほど骨の折れる仕事ではないと思うがね」

「無理な注文だわ」すかさずアランドラは言った。「わたしにはできませんし、したいとも思いません」

「どうして？」そう言って彼はアランドラの目をじっと見つめた。「きみのいとこたちにいやな思いをさせられると思っているのだったら……わたしが……」

「いとこたちのことなんて気にもしてないわ。あの人たちはなんでもお金で買えると思っていて、貧しい身内を見下してもいるようね。わたしのことを恥ずかしいと思っているのかもしれないけれど、わたしのほうが恥ずかしいわ！」アランドラは一気にそう言ったが、そのあとすぐに気持を抑えきれなかったことを後悔し始めた。

マット・カーターはまじまじとアランドラを見つめた。目にはとらえどころのない表情が浮かんでいる。こんなやわらいだ表情が彼の顔に浮かぶのを見るのはアランドラにとってはじめてだった。

「だったら、ここにいて彼らにきみの気持をはっきり見せればいいだろう？」と彼は穏やかな口調で言った。

いきり立っていた気持がなんとなくあいまいにしぼんでいく。「あの人たちと同じような態度をとって、とおっしゃるの？」

「みんな平等に生まれついているはずだけどね」

「そうかしら？」

彼がちらっと腕時計を見る。つまらないことに時間を使いすぎた、と態度で示したようにアランドラには思えた。「で……」返事のほうはどうか、とアランドラの答えを待っている。

横柄さにおいては負けるものか、と思いながらアランドラは顔をつんと上げて立ち上がると、ドアを大きく開けた。「よく考えて明日の朝、最終的なお返事をします」ドアに向かってくるマットに彼女はそう答えた。

彼はひと言も言わずに部屋を出ていったが、じろりと向けられた視線は、絞め殺しても飽き足りないと思っているふうだった。

「こわいことなんてないわ」アランドラはつぶやきながらドアを閉めたが、彼に聞こえただろうか……？

ベッドへ入っても眠りはなかなかやってこない。やっとうとうとしたかと思うと、もう目が冴《さ》えてしまってベッドにいるのが苦痛になる。まだ早朝だったが、そっと着替えをして部屋を出た。

朝食の間《ブレックファストルーム》をのぞくと、昨夜のうちにミセス・ピンダーが支度しておいたのだろう、五人分の席が用意されている。もちろんだれかいるわけではない。アランドラの足は自然にばら園に向いた。

ピンクのつるばらのアーチの下で足を止めて、胸いっぱいに芳香を吸いこんだ。祖父の財産をねらってやってきたときめつけているのに、どうしてマットはわたしをここに滞在させたいのだろう？　疑問が頭の中でうずを巻き昨夜はろくに眠っていない。だがこうして美しいばらに囲まれていると、そんな悶々《もんもん》とした思いがまるで別世界の出来事のように思える。

　フランス窓の開く音が朝の静けさを破って響く。着古したキャメルのカーディガンが目に入る。祖父だった……。こちらに気づいたとは思ったけれどアランドラは近づいていかなかった。昨日の朝のような無愛想な態度をされるに決まっていると思って……。

　こちらを無視して手近の花の手入れを始めるに違いない――そう思っていると、驚いたことに祖父が近づいてくる！

「おはようございます」もうちょっとで祖父に先に挨拶されるところだった。無理に声をはずませて続けた。「ずいぶん早起きなんですね」

「いつものことだよ」

「やっと見つかったわ、似ているところが」アランドラはそう言ったが、別に似たいとも思わない。祖父にも、ほかの三人にも……。

「大発見をしたみたいだな」

　話を続けられなくなってアランドラは話をそらした。「マットから六十九歳って聞きましたけど、もう引退なさったんですか？」

「オフィスへはまだときどき、顔を出している」

「ダッフィールドにあるんでしょ？」

「もう十年以上前からダッフィールドにはない。支社はもちろんいろいろなところにあるけどね」祖父は手近の花を引き寄せて咲き具合を満足そうに眺める。「いちばん大きな工場はビドゥイックにあるんだ。本社もそこにある。知らなかったのかね？」皮肉っぽく祖父は言った。

「会社の所在地は金曜の朝刊にのっていたはずだ、とおっしゃりたいんでしょうけど」アランドラは顔をこわばらせた。「マットに言ったことと同じことを言う以外ありませんわ。その新聞は読んでいないんです」

「そんなつもりで言ったんじゃない」祖父はじろっと彼女を見た。「わたしたちのことをきみのお父さんが気にしていたんじゃないかと思ったんだよ」

「父の消息を気にしてくださいました？」祖父の口ぶりがなんとなく気に入らなくてアランドラは冷ややかに言った。

祖父は返事をしない。険しい沈黙が続き、アランドラは耐えられずに重ねてきいた。

「どうして父に連絡しようともなさらなかったんです？」

「どうしてそんなことをする必要がある？」祖父はぶっきらぼうに言った。「彼は〝文無しのみなしご〟と勝手に出ていったんだ。トッドという姓さえ名乗っていそうにない男に、だれが……」アランドラは口をはさもうとしたが、祖父はぴしゃりと言い放った。「きみのおばあさんにさえ手紙一通よこさなかったんだ」

　父は祖母には愛されていたはずなのに、それほどすねていたということだろうか？　祖母がいつ亡くなったのかアランドラは知らない。いまはそのことを口に出すべきではないだろう。だが父は祖父から愛されていたのだろうか？　その思いはどうしても振り払いようがない。

「父を愛していらっしゃいました？」アランドラはきいた。問い詰めるような声になる。

　祖父が振り向き、アランドラを見つめる。

「愛には両面があるものだよ、アランドラ」

　わたしのことを祖父ははじめて名前で呼んでくれた……。

「エドワードだってわたしに連絡ぐらいできたはずなんだ……わたしを愛してくれていたなら」

　祖父はすぐにアランドラに背を向けると、さりげなくつるばらの手入れを始めた。アランドラは悟ったのだ――祖父の胸がいっぱいになっていることを。

　アランドラの胸もいっぱいになる。しっとりとした気持そのままに彼女は静かに言った。

「愛していたはずよ、おじいさま」祖父は背を向け続けている。「そのことはわたしの名前ではっきりわかるわ。愛情も持たないのに、わたしにアランドラという名前をつけるはずはないもの。そうでしょう？」

祖父が向き直る。胸の思いを懸命に包み隠そうとしているものの、いつもの気むずかしそうな顔つきはやわらぎ、目もうるんでいる。

祖父は何か言いたそうな気配を見せたが、何も言わない。胸が詰まって声が出せないのだ。何か言ってあげなくては……。

「あの……しばらくこの屋敷にいないかってマットに言われたんですけど……」黙っているつもりが、思わず口に出てしまった。「どうお思いですか?」

せき払いをしてから祖父は言った。「彼の屋敷だからね」

「彼の屋敷ですって?」アランドラは驚いて目をみはった。「でも、このお屋敷はたしか……カーター家とトッド家が協同して……」

「そのとおりだったんだけどね」そう言って祖父はいろいろと思いめぐらす様子だったが、洗いざらい打ち明ける決心をしたらしかった。「マットの父親が交通事故で死んでしまったのが大きな転機だったんだよ。マットが十五歳のときだった」そのころのことを思い出すのか、祖父の目がどんよりとかすむ。「マットが大学を終えるまで、残されたわたしが、ひとりで会社を切りまわさなくてはならなかった。もちろんおまえのお父さんにも手伝ってはもらったけどね」

「父は機械のほうには向いていなかったのね?」

「機械にもだし、商売にもだ。何度、大げんかしたことか……」つらい思い出なのだろう。

祖父は言いよどんだが、すぐ気を取り直した。「とにかくおまえのお父さんは屋敷を出ていって、それからあとは、ユーニスのむこが金銭上のトラブルを起こしたり、おまえのおばあさんが亡くなったりで……」祖父は口ごもってから続けた。「会社はどんどん傾いていったんだ」

「マットはそのころはまだ学生だったんですね?」

祖父はうなずいた。「不振に陥っているということを話す気になれなくてね」せき払いをしてから祖父は続けた。「彼が仕事をし始めたときには会社は倒産寸前だったんだ」

「まあ! うろたえてしまったでしょうね、彼は」

「いや、マットは座りこんで頭をかかえているような男じゃない。まだやってみる余地があるとわかると、腕まくりして取りかかったんだよ」

昨夜の彼も腕まくりをしてということだったのか――ちらっと思いながらアランドラはきいた。

「でも、マットは大学を出たばかりだったんでしょう? 倒産寸前の会社をひとりで立て直せるわけが……」

「それが、立派に立て直したんだよ」敬愛の気持のこもった言い方だった。「もちろんわたしも力は貸したけれど、マットの父親と事業を始めたころのエネルギーはなかった。マットはそれこそ夜も寝ずに働いた……」祖父はふうっと大きなため息をついた。「巨額な銀行ローンを返すだけでも大変だったのに、わたしの債権者もきちんと始末してくれたんだ。もちろん長い時間はかかったが、わたしがすべり落としてしまった大きすぎる荷物を山の上まで引っぱり上げてくれたのさ」

マットには頭が上がらないとでも言いたげな祖父の話を聞いているうちに、かえって反発心が起こる。わたしはマット・カーターのファンクラブには入らないわ――アランドラは思い始めた。

「でも、どうして屋敷を?」

「わたしの分の持ち株は銀行の抵当に入っていた。マットは母方からの遺産を使って抵当を解いたんだ。あんなにほっとしたことは生まれてはじめてだよ」祖父はまた大きなため息をついた。

「それで屋敷も会社も……?　会社がマットのものだということは、話してもらいましたけど」

「マットはずいぶんいろいろなことをきみに話しているらしいな」祖父の目がきらりと光る。

「おじいさまがとっくにごぞんじのことも、ごぞんじでないこともだわ」アランドラはとっさにいたずらっぽい言い方をした。気を許すなんてとんでもないことだったのに……。軽くせき払いをして彼女は顔つきを引き締めた。「ロバートのことは、どうなんです?」

「エドワードと同じだ。ロバートは機械にも商売にも関心がない。マットのおかげで工場で一人前の役職はもらっているけど、のらりくらりやっているだけだよ」ロバートのだらしない髪のことを思い浮かべでもしたのだろうか、祖父はいつものむっつりとした顔つきに戻っていた。

でもいくら顔つきはもとのとおりになっても、祖父ははじめて打ち解けてくれたのだ。父を愛してくれていたということもわかった。祖父が不機嫌そうな顔つきに戻ったのは、その父のことを思い出して苦い気持になったということもあるのかもしれない。なんとか機嫌を直してもらわなくては——アランドラは思った。

「ね、おじいさま」アランドラは言った。父も母もこんなことを聞いたら苦笑するに違いない。「わたしのことも、〝文無しのみなしご〟とお思い?」

祖父の口もとがむすっと結ばれたままなのを目にして、やりすぎたかしら、と思った。だがそう思った瞬間、信じられないことだが、祖父の口もとがちらっとゆるむのを見た。祖父はそんな表情を見せたことを恥じでもするようにアランドラに背を向けて、ばらの小枝を手にした。だがいくら隠そうとも、祖父の顔に浮かんだのはまさに微笑そのものなのだ……。

「さあ」いつ切り取ったのだろうか、ちょうど開きはじめたばかりのばらをひと枝、祖父が差し出す。アランドラは素直に受け取って祖父の顔を見上げた。またいつもの気むずかしそうな表情に戻っている。「おまえには両親はいなくても、家族はいるんだ。忘れないようにすることだな」

「はい、おじいさま」そうしてアランドラはドアへ向かった。足取りは自然に軽くなっていた。

祖父にドアを開けてもらって朝食の間に入ると、スーツ姿のマット・カーターがもうテーブルについていた。彼は冷ややかな目つきでアランドラの手にしているばらを見つめる。アランドラははにかみ笑いを浮かべたが、彼の目つきは冷ややかなままだった。

「おはよう、マット」とことさら明るい声でアランドラは言った。彼は挨拶も返さない。滞在してくれるようにと言いだしたことを後悔しているのかしら？　アランドラは昨日の朝、座ったのと同じ席に着いた。マットと祖父は仕事の話をし始めた。

朝食の注文をききにきたミセス・ピンダーに祖父はベーコン・エッグを頼んだ。昨日の朝はオートミールだったのに、とアランドラは思った。ミセス・ピンダーと鉢合わせしそうな勢いでジョセフィンが入ってきた。

「間に合ったわ。コーヒーを飲む時間ぐらいあるわよね」ジョセフィンは言った。「八時のに乗れればいいんでしょ、アランドラ？」

三人の視線がそそがれる。好意的なジョセフィンの目を見つめながら「親切にしていただいてほんとにありがたいわ、ジョセフィン」と言ってからアランドラはトーストに手をのばした。

冷ややかなマットの目をちらっと見ながら、バターをひとすくい自分のお皿に取る。それから祖父のぞっとするような目にすくみながら、マーマレードを取った。

肝心な返事をマットと祖父は待っている——そう思うとなんだか舌が思うように動かない。

「駅まで送ってくれる人は決まりましたけど」

そう言ってアランドラはすばやく三人を見た。

「どなたに駅まで迎えに来ていただけるのかしら——今夜戻ってくるときに?」

沈黙が続いた。ジョセフィンがまずその沈黙を破った。「戻ってくるの、それじゃ?」

ジョセフィンの声からはもう好意は感じられない。

「本当は行かなくてもいいの」アランドラは応じた。ミセス・ピンダーがコーヒーポットを手にして入ってきて、すぐ戸口へ向かった。「でも、長くなりそうなので、身のまわりのものを持ってこなくてはいけないと思って」

「卵をもうひとつ追加だ、ミセス・ピンダー」祖父が窓ガラスが割れそうな大声で言った。

「着るものを取りに行くだけなのね?」ジョセフィンがのみこみ悪く言う。

「そのとおりよ」アランドラはそう言ってマットに目をやった。冷ややかな顔つきは変わらない。「しばらくのあいだ、滞在させていただきます」このローズエーカー屋敷の持ち主がマット・カーターである以上、そう言うのが礼儀だとアランドラは思った。そして皮肉のこもった声でつけ加えた。「千もの理由を考えてそう決めました」

マットの目つきが氷のようになる。それを見てもかまわずにアランドラはトーストを口にした。当てこすりは効いたんだわ、とほくそ笑みながら。

5

快晴の日曜の午後、アランドラは散歩に出た。ローズエーカー屋敷での生活は、一カ月前に想像したほどひどいものではなかった。なんの屈託もなく生活していることは自分でもまるでうそのように思える。

屋敷内の人たちに手を替え品を替えちくちくやられていたら、こんなふうにのんびりとした気持にはなれなかったろう。

もちろんマット・カーターには誤解されたままだったが、アランドラにしても誤解を解いてもらおうとも思わない。そんなことは彼女のプライドが許さなかった。あんないやな人はいない、と思うアランドラの気持も変わってはいない。

それに反していとこたちや祖父への気持は徐々に変わってきている。祖父のことはどういう人かわからず憎んで当然と思っていたし、自分が張ったレッテルどおりの人たちと思えているあいだはいとこたちが嫌いでたまらなかった。だが一カ月も一緒に暮らしてみると、みんなの人となりがわかってきて、ずいぶん間違ったレッテルを張ってしまったことに気づき始めたのだ。マット・カーターのことはあと二カ月たっても、いやな人と思い続けているだろうが……。

ロビーが口もきかないでいるのははにかみ屋のせいなのだということは一週間もしないうちにわかった。彼はジョセフィン同様、朝が遅いので、ディナーのときしか顔を合わせない。そのせいで余計に打ち解けないのかもしれないけれど、とにかく極端に内気な性質なのだ。

昨夜のディナーでのことがふっと思い浮かぶ。ロビーの視線を感じたので、アランドラはにっこりと笑いかけた。ロビーがほほ笑み返したのに気をよくしてふと見まわすと、怒りを抑えきれないマットの顔があった。アランドラをにらみつけている。とたんに彼女の笑顔はこわばった。

ロビーの心を射とめようとしている、とでも思っているようなその顔つきを思い出すだけで、いやな気分になる。マット・カーターのことを思い浮かべると、必ず腹立たしくなるのだ。彼のことなど頭から追い出さなくては――そう心に決めてアランドラはなだらかに続く丘の方に目をさまよわせた。

ジョーの顔が浮かんだ。同い年の二十歳なのにティーンエージャーのように見えるのは、苦労していないせいだろうか？　いまはとても打ち解けてくれているけれど、その幼さかげんに最初の週は不愉快な思いの連続だった。

二週目、アランドラとマットは、アランドラにきた手紙をめぐって痛烈な言い合いをした。

「早く帰ってきてくれ、という恋人の泣き言が書きつらねてあるんだろうな」封書をもてあそぶようにしながらマットはそんなことを言った。ヘクターの筆跡だった。フラットの部屋代の領収書が入っているのだろう、とアランドラは見当をつけた。身のまわりのものを取りに行ったときに渡すのを忘れて、あとで送ったのだ。

アランドラはにっこりと笑って言った。「そうかもしれないわ。でも、すぐには戻れないってわかってもらわなくてはいけないわね、利にさとい女としては」

「自分で言うんだからいちばん確かだろうな。きみは……」と言いかけて彼は口をつぐんだ。ジョセフィンが姿を現し、ふたりの様子に立ちすくんでいた。

「けんかしてるの？」ジョセフィンはそう言いながらマットへ、そしてアランドラへと目を移した。

「このお屋敷にいるかぎり、いさかいからは逃れられようもないわ」アランドラの答に、マットは無言のまま封書を彼女の手に押しこむようにして、大股で書斎へ向かった。アランドラは顔をつんと上げたまま階段を上がった。

ジョセフィンが追いかけてきた。口ごもりながらきく。「マットのこと……好きではないのね？」

「もちろんよ、顔も見たくないわ！」

「そうなの！　わたしはまた……」

ジョセフィンの態度が変わったのはそういうことがあってからだった。次の週、ジョセフィンはすなおにいままでのひどい態度を謝った。

「いいのよ、もう」アランドラは言った。「でもあなたはまるでこのお屋敷にどっかりと腰をすえている主婦という感じだったわ」

ジョセフィンはぱっと頬を染めた。「そんなふうに見えて？」

「マットに……まいっているのね？」アランドラはそういうきき方をした。

「まいってるなんて程度じゃないわ。愛してるの」ジョセフィンは熱っぽくそう言った。

「両親が離婚したときには、わたしにとてもよくしてくれたの。彼って……」ジョセフィンはそこまで言って急に警戒するような顔つきになった。「まさか彼に言いはしないでしょうね」

「マットとわたしが話をするときは必ず言い合いですもの」とアランドラは言った。

ジョセフィンはほっと息をつくと、マット・カーターのことを話しだした。最大級のほめ言葉や形容詞で飾り立てて……。あんな無作法に威張り散らすがみがみ屋のどこをどう見たらそんなふうに見えるのかしら？　アランドラはいぶかしげにジョセフィンの紅潮した頬を見つめていた……。

マットはディナーには姿を見せなかった。せいせいするわ、とは思ったが、テーブルに活気がないことだけは認めないわけにはいかない。ジョーがしょげているせいだわ——アランドラはそう思うことにした。

「デートだと思う？」ジョーが祖父にきいたが、祖父の答えは意地悪なものだった。

「知れたことだろう」

テレビを見ていたのはアランドラだけだった。祖父はパイプをすいに自分の書斎に行き、ジョーは自分の部屋へ引き揚げた。ロビーは三十分ほどいたが、話がはずまないのがいたたまれないのか、早々と自分の部屋へ上がっていった。

日曜の番組は退屈だった。十時前まで我慢して見ていたけれど、アランドラは部屋へ引き揚げた。

ベッドへ入ってからも長いあいだ眠れなかった。マットの気に入っている人はどういう女性なのだろう——そんな思いがどうどうめぐりする。これからは家でディナーをしない夜が続くのではないだろうか？　ある晩ひょっこりその人を連れてきて、この人と婚約した、と言いだす——そんなことになったら、どんなにジョーは取り乱すことだろうか……。

夢ばかり見る夜だったが、いつものように早く目が覚めた。マットは帰ってきたのだろうか？　目が覚めてすぐそのことを思って、自分でもおかしくなる。階下《した》へおりると、ばら園に足を踏み入れた。

祖父が姿を現し「今朝は負けたな」と言いながら近づいてきた。

「おはようございます、おじいさま」こうして朝のばら園に出てきたのは一カ月ぶりのことだった。祖父がポケットから剪定《せんてい》ばさみを取り出して、枯れ枝をぱちんとはさんだ。

「あら、カーディガンに穴が」アランドラは言った。

「つくろいものができるのかね?」あら探しをするような顔つきで祖父が言う。

「できない人なんて、います?」

「ミセス・ピンダーのはていねいじゃないんだ」

「じゃ、わたしがします」肉親の情がわき上がる。気持のなごむままアランドラはにっこりと笑った。「昨夜は帰ってきたのかしら、マットは?」アランドラはそうきいたが、その声は祖父の声のようにしゃがれていた。

「まさかおまえまでがね」祖父は体を起こして、きらりと目を光らせた。

「わたしが……?」

「おまえのぼんやり者のいとこみたいに、彼に夢中なのかい?」

「夢中ですって!　マット・カーターに!」アランドラはあっけにとられたが、気を取り直した。「そんなことをおっしゃるなんて、もうろくなさったんじゃありません、そんなお年でもないのに?」アランドラは自分の口から出た言葉にぞっとしてしまった。しんらつなことを言われてやり返すに違いない。

だが祖父はとがめるどころか、気弱そうなとも思える苦笑をもらしただけだった。祖父は傍らの株からばらをふた枝、選んで切り取った。

「許してもらえるだろうね、そのとおりなんだから」祖父はおおげさなくらいかしこまったしぐさでばらをアランドラに手渡した。「おまえとマットが水と油だということは見逃してはいなかったんだけどね」

もうろくしているどころではないわ、とアランドラは思った。マットとの気まずさを外に出さないように振る舞っているつもりだったが、仲よくはやっていけないふたりだということを祖父はちゃんと見抜いているのだ。

「彼って子供のころから手に負えなかったんじゃないかしら――お母さまにも？」そうつぶやいてから「彼のお母さまは、どちらなんです？」とアランドラはきいた。「それとも、やはり……」

「いや、健在だよ。連れ合いを事故で失ったときは弱りきって、一時はどうなるかと思っていた。絵を描《か》くことでなんとか立ち直れたんだが、リューマチがひどくなって、スペインへ転居したんだ」

母もアランドラの子供のころリューマチでよく悩まされた。リューマチと聞いたとたんにマット・カーターの母親がなんとなく身近に感じられる。

祖父と朝食《ブレックファストルーム》の間へ向かったが、祖父はその前に花壇に寄ったので、アランドラはひとりでドアを開けた。ビジネスーツ姿のマットがもう自分の席に着いていた。

彼はきつい目でアランドラが手にしているばらをちらっと見てから、アランドラの顔に視線を戻した。

「おはようございます、マット」明るい声で挨拶《あいさつ》してからアランドラは自分の席に行き、ばらをお皿の傍らに置いた。じっと見守っているマットをちらっと見て「この分だと花束をかかえてここを出ることになるわ」とつぶやいた。

「花束だけかな、持って出るのは？」マットがいやみを言う。アランドラはむっとしたが、気持を抑えた。

「行き先の住所を書き残しておきますから、わたしが持ち出した銀器を取りにくることですわね」あっさり言い返して、椅子に腰をおろした。

「フラットがあるって言っていたね？」彼がきいてもアランドラは取り合わずにコーヒーポットに手をのばした。「どこなのかはきいてないな」

「言う気もないわ」そう言ってアランドラはいつもどおりに彼のカップにコーヒーを注《つ》いだ。

「寄ってくれるように、って言ったんじゃなかったかな、たったいま？」

アランドラはポットを乱暴に置き、敵意をこめてマットの目を見返した。「いいことを思いついたわ。わたしのフラットは二階ですから、バケツの水をかけるのにはいちばんいい高さじゃないかしら」

そう言ったことで、胸はすっとしたけれど、また痛烈なことを言い返されるまでのつかの間の勝利にすぎないということはよくわかっていた。だが、ちょうどそのとき、祖父が入ってきた。

「すぐコーヒーを注いでいいわね、おじいさま？」アランドラはそれからは、マットが朝食をすませて出ていくまで、彼には視線も向けなかったし、話もしなかった。

十月の最初の日はすばらしい秋晴れだった。アランドラは祖父のカーディガンをつくろうために糸を買いにジョーと村へ向かった。彼女がつき合うと言ってくれたのだ。道々ジョーは、来週ビドゥイックで開かれる州主催の舞踏会のことを話し続けた。ジョーの話だと、みんなは行くらしい。

「マットも行くんでしょ？」ジョーにはそのことがいちばん気になるのだろうと察して、アランドラはそうきいた。

「そうじゃないらしいの」とジョーは寂しそうに言った。「きいたことはきいたのよ。でも彼は気乗りしないようだったわ。話の途中でおじいさまがやってきて、返事はもらってないんだけど……今夜もう一度きいてみようかしら……」

その夜のディナーで、ジョーは舞踏会の話を切りだしたが、相手はマットではなく祖父だった。祖父ではお門違いではないだろうか、とアランドラは思ったが、ジョーは祖父がいいかげんに相づちを打っていることなど、いっこうかまわずに、どんなバンドが来るかとか、だれとだれが行くかとかいう話をし続けた。やがて、新しいドレスで行けたらうれしいわ、とジョーが言いだすのを耳にしてアランドラは彼女がなぜ祖父を相手に話をしたのかがのみこめた。

ジョーの深謀に感心しながら改めてまじまじとジョーの顔を見つめていると、祖父がだしぬけにアランドラにきいた。

「そのくだらない舞踏会に行くつもりなのかね、おまえも？」

行きません、ときっぱり言うつもりだったが、なんとなくマットの方に視線が引きつけられた。マットは険しい目つきでアランドラをにらんでいる。

なんてあまのじゃくかしら、と自分でも思いながらアランドラは祖父に目を戻した。

「そうしたいんですけど」目をいっぱいに見開いて祖父に答える。来週の火曜にビドゥイック・ギルドホールへ足を踏み入れる気など全然ないのに、未練たっぷりな様子をつくろう。「着ていくものがないから……」

「娘がふたりもいると身代がつぶれるそうだ」祖父はそう言いかけてアランドラとジョーを等分に見た。〝行きません〟と言うのだった、とアランドラは悔やんだが、祖父はこう続けた。「だが孫娘にけちくさいとは言われたくないからな」

ジョーがうれしさを隠せずに悲鳴をあげ、アランドラは思わず会心の笑みをもらした。マットに目をやりたかったが、彼の苦虫を噛《か》みつぶしたような顔を目にしたら笑いだしてしまうに違いなかった。

隣席のロビーがもじもじしているのに気がつく。

「だれかきみをさそう前に、と思って言うんだけど……」ロビーはありったけの勇気を奮い起こすようにして言った。「舞踏会にはぼくにエスコートをさせてもらえるね、アランドラ?」

「でも……」そう言いかけたが、ロビーが耳まで赤くなっているのを見て口をつぐんだ。そんなことをこの席で言ったら、ロビーの立場はなくなってしまう。「ええ、ロビー、ほかの人にエスコートしてもらおうなんて、わたしは思ってもいないわ」

おぼつかない笑みを浮かべていたロビーの顔が輝いた。

マットが椅子を立ち、申し渡しでもするように言った。「みんなで連れ立っていくことにしよう」

ジョーが有頂天になって声をあげる。マットはそのまま大股でダイニングルームから出ていき、ジョーは祖父に「お先に」と言ってあわててマットのあとを追った。ロビーも、ミセス・ピンダーに、ドレスシャツを洗ってもらわなくては、ともぐもぐ言いながら出ていく。

わずか十分足らずのあいだに思いがけないことになった。アランドラはただ呆然《ぼうぜん》としているだけだった。

「ジョセフィンにビドゥイックに連れていってもらうことだな」と祖父が言った。まだ祖父がいたのだ。アランドラはほっとした。「わたしのつけのきく店にな」

祖父が不機嫌なのか上機嫌なのかを見分けようとするまでもなかった。

「本気で着るものがないと言ったわけじゃないんです」アランドラはそう言った。着ていくものがないのは本当だったのだけれど……。

祖父はちょっといら立った声で言った。「おまえはお父さんみたいに強情を張り通す気なのかね？」

父のことを持ち出されてアランドラはつむじを曲げそうになった。だが不意に、この人は母を傷つけはしたけれど、父にもさんざん傷つけられたのだという思いがこみ上げた。敵地に乗りこむような決心でこの屋敷に来たころには、こんなことを思うようになるなどとは予想もしていなかった。母の恨みを晴らそうという思いも、このごろでは忘れかけている。

「どうなんだね？」祖父がうながす。

「そんなふうにおどされて強情を張り通せます？」アランドラが答える。祖父の目がきらりと光り、口もとに笑みが浮かぶ。「くだらない舞踏会にはやっぱりいらっしゃるんでしよ?」アランドラはちょっぴり皮肉をこめてそうきいた。

祖父は首を振った。「マットが何かと気をつかってくれるはずだよ。わが家の一員として紹介されるときのことを心配しているんだろうけど」アランドラがためらっているのはそのことを心配しているからだ、と祖父は勝手に思いこんでいるらしい。「とにかく、トッド家はどうしておまえのことをひた隠しにしていたか、などと言うやつがいたら、がつんとやっつけてやることだ」

「それとも魔女のほうきに乗って逃げ出そうかしら」と言ってアランドラはくすっと笑った。

翌日、さっそくジョーと連れ立ってビドゥイックの店をまわった。ジョーは早々と花模様のフルスカートのドレスに決め、そのあとでまるで自分のドレスを決めるような熱中ぶりでアランドラのドレスを選んでくれた。

赤いサテンをシフォンですっぽりとくるみこんだような肩ひもなしのドレスにやっと決まった。蝶《ちょう》のようにフルスカートをひるがえして踊ることを想像すると、くだらない舞踏会なんかには行きたくない、といままで思っていたことなどいっぺんに消えてしまった。

幅広のベルトのせいでウエストがいっそうほっそりと見える。鏡の中を見ているうちに、階段をしとやかにおりていく自分の姿がふっと思い浮かんだ。階段の下でその姿にじっと目をこらして待っているエスコート役は、ロビーではなくてマットだった。

まばたきをしてその幻覚を追い払った。なんておかしなことを思ったのだろう？　だが、このごろよく彼のことを思い浮かべる。でも、あんないやな人なんていない、と思っているのは本当のことだ。

そのいっときの興奮が徐々にさめていくがままに週末を迎え、いまのアランドラは新しい悩みの種をかかえていた。ディナーにおりていく支度をしているアランドラを悩ましているのは、ロビーのここ何日かの態度であった。

エスコート役を引き受けてからというもの、ロビーは何かとアランドラに気をつかいだし、特別な好意を示すようになった。アランドラにはどうしたらよいかわからなかった。ロビーの性質が性質だから、直接言うわけにはいかない。祖父に訴えることも考えないわけではないけれど、事を荒立てることはよくないようにも思える……。

マットが細かく心づかいをして解決してくれる、とも思えない。彼にできることは、繊細さなどこれっぽっちも感じられない、ぶっきらぼうでそっけないいつものやり方だけだろうから。焼きごてでも押しつけるような昨夜の彼の視線が思い浮かぶ。ロビーがアランドラのグラスにワインを注ごうとして、テーブルをワインびたしにしてしまったのだ。それをふざけ合っているとでも取ったのだろうか、マットは焼きつくすような視線をアランドラに浴びせたのだった。

今夜はワインは飲まないことにしよう。そう思いながらアランドラは客間へ向かった。

みんなはもうグラスを傾けていた。

「やっと来たな、アランドラ!」ロビーがうれしそうに近づいてくる。「きみの時計が止まってるんじゃないかって思っていたところだ」

ほかにどうしようもなくて、アランドラはにっこりと笑った。マットの冷ややかな目にじろっと見つめられるのを感じる。

「おなかの時計で計ることにしてるの」彼女は明るく応じた。「やっとぺこぺこになったわ」

だが食事は無理に喉を通さなくてはならなかった。ロビーに見つめられているだけではなくて、マットの目が気になってしかたがなかったのだ。ふたりをうかがうマットの顔つきは食事が進むにつれて険しくなっていった。

いつ終わるとも知れないくらい長いあいだ続いたディナーだったが、それでもやっと、だれにもとがめられずに席を立てるときがやってきた。アランドラはできるだけさりげなくナプキンをお皿の脇に置いて「お先に失礼します。手紙を書かなくてはならないので」と言った。

男性たちが椅子を引いて立ち上がる気配を耳にしながら、ゆっくりとドアに向かった。ダイニングルームを出て、ほっとため息をついた。ようやくマットの渋面からもロビーのスパニエル犬のような目つきからも解放されたのだ。

だが、ほっとしたのはつかの間のことだった。何メートルと歩かないうちにダイニングルームのドアが開き、大股の足音が追ってくる。

ロビーかしら、とまず思った。だが、だれかと見きわめる余裕もなかった。一瞬のうちに手首をつかまれ、乱暴にぐいぐい引かれてアランドラはマット・カーターの書斎に連れこまれた。ドアがぴしゃりと閉められ、マットが振り返る。アランドラはたじろいだ。マットの目はぎらぎらと燃え上がっていた。

6

マット・カーターの怒り狂ったような目をアランドラはただ呆然《ぼうぜん》と見上げているだけだった。あまりにぎらぎらと光っているので、瞳が黄色い光の矢で突き刺されたように感じる。だがそんな細かな観察ができたということは、ちょっとは余裕ができたということだろうか。ようやく怒りがこみ上げてアランドラはきらきらと目を燃え立たせた。彼はまるでいやなものをほうり出すようにアランドラの手を振り放って、荒い声をあげた。

「いったい何を考えてあんなことをしてるんだ！」

「何を考えてですって？」アランドラは彼の言ったことをそのまま返した。手首がひりひり痛むけれど、さすったりしたらプライドにかかわる。「女はこんなふうに野蛮に扱えばいいと思っていらっしゃるんでしょうけど、ロンドンではもうちょっと洗練されたやり方で扱われてるわ」

「ここはロンドンじゃない。ここではわたしたちは、わたしたち流のやり方で……」

「認めるんですね、ご自分が野蛮だって？」

「わたしは自分のことを話してるんじゃない。そんなことぐらいよくわかってるはずだ！」

「ロビーのことでしょ？」アランドラは挑むように言った。

「彼のことはそっとしておくんだ。きみのような女は彼の手には負えない。そんなことぐらいよくわかってるはずだ」

きみのような女、と言われてアランドラはかっとなったが、懸命に自分を抑えた。肩をすくめて、いやみたっぷりに言う。「都会育ちの女にほかに何をしろっておっしゃるの、こんな退屈なところで？　女って、たったひとつのことしか関心がないんだわ」そう言ってアランドラは思わせぶりな笑顔を作った。「それなのにあなたは……覚えていらっしゃるかしら、ディアー・マット、あなたに取り入ろうとしたってむだだ、ってはっきりおっしゃったでしょ？」

彼は新しい怒りにとらえられたのだろう。アランドラにつかみかかろうとする気配を見せながら「きみという女は……」と言いかけた。だがそのとき、デスクの電話がけたたましい音をあげた。

「助かったわ」からかうように言ってアランドラはドアへ向かった。「どんな得があるのかしら……ロビーをそっとしておいて？」と言いながら彼女はドアの取っ手に手をのばした。本当に電話に救われたと、ほっとしながら。

だがほっとするのはまだ早かった。アランドラの手首はまたぎゅっとつかまれた。さっきにも増して乱暴に、アランドラはデスクの傍らまで引きずられていった。

「カーターだ」と彼は送話口に向かってぶっきらぼうに言った。目はいったんアランドラを離れたが、またアランドラをにらみつけ「だれだって？」とどなりつけるような声をあげる。

とばっちりを受けた人がかわいそう。アランドラはちらっと思った。ぎゅっと握られている手首を放させるにはどうしたらいいだろう。向こうずねを蹴《け》るのがいちばんだろうか——そう思っていると、だしぬけに受話器が彼女の前につきつけられた。ちょっとのあいだアランドラはぼうっとしていたが、自分にかかってきたことに、やっと気づいた。

受話器を耳に当て、マット・カーターがにらみつけていることを無視して「もしもし」と言った。いったいだれだろう、といぶかりながら。

「いったいだれなんだね、いまのは？」男の声だった。うろたえているせいだろう、聞き慣れた声なのにだれだかわからない。「電話の応対で発生する災害保険というのを売りこめるんじゃないかな。もちろん加害者特約でね」

「ヘクター！」うれしくなってアランドラは思わず大きな声をあげた。ヘクターのことは雇い主とか家主とかいうよりは、頼りがいのある友人と思っている。人柄のいい奥さんのことも大好きだ。

「たいしたエルキュール・ポワロぶりだろう」とヘクターは笑いながら言った。アランドラにどうしても連絡したくて、父方の身内の家にしばらく滞在することになったという手紙の中の一行を頼りに、電話帳を探したということだ。

「どうしても連絡したかった……？　もちろん急用なんでしょ？」マットの顔がいっそう険しくなったのをアランドラは目の隅におさめながらきいた。

「きみの代わりに来た子が辞めてしまったんだ」ヘクターはいまいましそうに言った。「どっちにしろ役には立たなかったんだけどね。それで、きみにぜひ、戻ってもらいたくてね」

「わたしだって戻りたいけど、ヘクター」マットの顔つきを気にしながらアランドラは続けた。「でも残念だけど、しばらくはここを動けないの。臨時の仕事なんだけど、仕事についていて……」

「仕事をしてるだって！」

「ええ、ほんの一時的だけど」ちらっと見ると、マットの口もとはぎゅっと結ばれている。アランドラは、いい気味だ、と思いながら続けた。「仕事はちょっときついんだけど、でも、終わったときに受け取ることになっているボーナスが……」

　そこまで言ったとき、それまではじれったそうにしているだけだったマットの手がさっとのびてきて、アランドラの手から受話器を奪い取り、がちゃんと切ってしまった。アランドラを絞め殺しかねないようなマットの顔つきにけおされて彼女はただ呆然とその顔を見上げているだけだった。

そのときジョーがドアから首を出した。「たしか電話が……」と言いかけて、口をつぐんだ。マットのすさまじい形相に、びっくりしたからだろう。

マットがふっと肩から力を抜き、アランドラも恐ろしい呪縛《じゅばく》から解き放たれて大きく息をした。

「ごめんなさい」とジョーが謝る。「言い合いをしている最中だったなんて、思いもしなかったわ」

「気にしないで」アランドラは開いているドアにまっすぐ向かい「ちょうど終わったところだったの。そうよね、マット？」と言い捨てるようにして書斎を逃げ出した。

マットがあれほど暴力的になったのはわたしの生意気な態度が原因だったのか？　彼女はそう思って、とにかくしばらくは彼には近づかないほうがいいと判断した。マットの寝室はちょうど彼女の部屋の真向かいになっている。部屋を出るときは必ず耳を澄まし、マットの気配がないかを確かめることにしよう。アランドラはそう思った。

だが舞踏会の夜が迫るにつれてあの書斎での出来事は気にも留めなくなっていったし、マットも完全に忘れ去っている様子だった。もちろん、マットの視線はたびたびアランドラに向けられる――とくにロビーがいるときには。しかし昨夜の彼はとても礼儀正しくディナーの前のシェリー酒を勧めてくれたのだった。

今夜のマットも礼儀正しくしてくれるだろうか？ アランドラはそう思いながら彼の車へ向かった。舞踏会へ出かける夕べだった。ジョーはもちろんためらわずに運転席の隣に乗り、アランドラはロビーの手を借りてバックシートに腰をおろした。ドレススーツ姿のマットをはじめて目にしたときの奇妙な感覚は、いったいなんだったのだろう？ どうしていままで彼がハンサムなのに気づかなかったのだろうか？ だがロビーもいつもと違ってとてもすっきりとしている。そのわけが髪を切ったせいだと気づくのに、ずいぶん時間がかかったのは、やはり緊張しているからだろうか？ 車がビドゥイックに着くまでアランドラはジョーのおしゃべりに耳を貸すばかりだった。

ギルドホールに着いてケープをあずけてから、ジョーとアランドラは髪を整えにいった。アランドラの使っているケープはジョーから借りたものだった。

「すてきだわ。あなたの姿を見てみんななんて言うかしら！」大きな鏡を前に並んだとたんに、ジョーがそう言った。

「自分のことはまだ見てないんでしょ？」と言ってアランドラは笑った。花のようなドレスに包まれたジョーは、ほれぼれとするくらい愛らしい。

ジョーはにっこり笑ったが、視線はアランドラに向けられたままだった。こんな華やかな装いにまったく慣れていないアランドラは真珠の首飾りを神経質にいじっていた。〝着けなさい〟〝いりません〟という押し問答の末に祖父から強制的に着けさせられた首飾りだった。ジョーの目はその首飾りにそそがれている。

「おばあさまのね?」ジョーがきいた。

「かまわないかしら?」アランドラは言った。「わたしは断ったのよ。でもおじいさまが無理に……」

「わたしは気になんかしてないわ」と言ってジョーは手首を上げて豪華なブレスレットをアランドラに見せた。「わたしもおばあさまのダイヤモンドを着けてるんですもの」

気後れを感じながら、待ってくれているマットとロビーに近づいていった。ケープなしの姿を見られるのはこれがはじめてだった。肩も胸もともむき出しになっていることばかり気になって、顔も上げられない。

マットが脇へ寄ったので、頰を染めながら、ちらっと見上げた。だが、彼の目が胸もとにはそそがれず、首飾りにとどまっているのを見て、向こう気がむらむらとこみ上げた。アランドラは目を大きく見開いてマットを見上げた。

「すてきなプレゼントでしょ?」

「アランがこれをきみに?」片方の眉を上げながら彼がそう言った。だれもいないところだったら、アランドラは彼に平手打ちを浴びせていたかもしれない。

何人かの人たちが近づいてきて型どおりの紹介が始まり、マットに対する怒りは抑えつける以外はなかった。

ロビーはどのダンスもアランドラと踊りたい様子だったが、一時間たち二時間たっても、三度以上は踊ることはできなかった。もちろんマットとも踊らない。まるでランプに蛾《が》が集まるように、パートナーが次々と現れたのだった。

「きみとのはじめてのデートにこんなところを選ぶんじゃなかった」バーで過ごす時間が多かったらしくて、ロビーはいつもの内気さに似合わないことを言った。「なにしろビドウイックじゅうの男たちが集まってるんだからな、ここは」

アランドラは笑みこそ浮かべはしたけれど、はじめてのデートと言われてむしろ迷惑だった。二度目のデートをロビーの気を悪くさせないように断るには、どうしたらいいだろうか？　そのことをちらっと考えながら「すてきな髪ね」と言った。

「今日の午後マットに無理やり彼の行きつけの店に行かされたんだ。新兵刈りに近い頭にしてこい、ってね」

ビュッフェスタイルの夜食をとりに連れていってもらったが、そこでもロビーは負け戦をしなくてはならなかった。

「きみのいとこに紹介してくれない気じゃないだろうな？」まだダンスの相手をしていない青年がそう言った。

「そういうわけじゃないさ」ぞんざいに言うとロビーは金髪のダドリー・ミラーをアラン

ドラに紹介した。すると一度パートナーになったことのある青年が傍らにやってきた。

「きみにも紹介しようか、モーガン?」

「もう自己紹介がすんでるんだ」ナイジェル・モーガンはにこっと笑った。「この中休みがすんで最初のダンスをつき合ってもらえるだろうね、アランドラ?」

「アランドラはぼくと来たんだよ」とロビーが権利を主張する。

「いとこ同士っていうのは数に入らないさ」とナイジェルが言った。「そうだよね、アランドラ?」

笑顔は返したが「ジョーはどこかしら?」と言ってアランドラは返事を避けた。「ずっと姿を見てないわ」

「ジョナサン・ネズビーと一緒だったけどね、さっきは」ダドリーが返事をする。アランドラは反射的に、マットはどこかしら、と思った。

そろそろ夜食を食べ終わるころ、マットが部屋へ入ってきた。三人の男性といるアランドラをちらっと見たが、こちらへはやってこようとはしない。アランドラの胸はなぜかどきどきと打ち始めた。ばかなことを思って、と自分をたしなめる。この二時間、彼はダンスを申し込みに来ようともしなかったのだから……。

やはりやってはこない。夜食をすませて部屋を出ていくときにアランドラは、彼がいままでアランドラには見せたことのない笑顔を傍らの女性に向けているのを目にした。その人は三十歳ぐらいだろうか？　しなやかな体の線がはっきりわかるゴールド・ラメのドレスに身を包み、黒髪を高々とシニョンに結っている。目の覚めるような美人だわ——アランドラは感じた。

ナイジェルやダドリーと踊っているうちに、もう帰らなくては、と思い始めていた。ジョーの顔がすぐそばを通り過ぎていく。とても生き生きとステップを踏みながら。ロビーはまたバーなのだろうか、姿が見えない。マットは黒髪の美人の傍らを離れようとしない。それから何人の人たちと踊ったろうか？　十二時をまわったころの相手はロビーたちより何歳も上の男性だった。だれから紹介されたわけでもなく、アランドラがだれかも知らないらしかった。

「ビドゥイックに住んでるの？」パートナーの男性はきいた。

「ダッフィールドの身寄りのところにいるの。それもしばらくのあいだのことだけど」アランドラは答えた。ついさっきマットがいたあたりに来ていたが、いま彼はいない。ダンスをしているのかもしれない——そう思ってそっとうかがったが、彼の姿もあの美しい人も見当たらない。

「ダッフィールドだって！」とパートナーが言いだした。「ぼくのところは石を投げれば届くくらい近いんだよ。今度、電話をするから、ぜひ——」

つき合ってほしいと言い終わらないうちに——それとも、言い逃れの返事をしなくてすんだと言ったらいいだろうか――だれだかわからない手がさっとのびてきた。

「このワルツはわたしとつき合う約束だったろう?」無造作に言ったのはマット・カーターだった。アランドラをパートナーからあっさりと引き離す。アランドラはまだ息をつけないでいるあいだに彼にリードされて、軽々とワルツのステップを踏んでいた。

だが彼のリードがいくら巧みでも、心まではずみはしない。何も話しかけないマットに合わせて黙々とフロアーを一周してから、アランドラは言った。どんなことを言い返されてもうろたえたりはしないわ、と思いながら……。

「車に乗せて帰らなくてはならないことを思い出すと、いつもこんなふうにするんでしょうね」

「きみのことを忘れていられるはずはないだろう?」彼は響きのよい声で言った。目はアランドラの胸もとに向けたままだ。

「心にもないことをおっしゃるのね」

からかいとはっきりわかるマットの作り声に合わせてアランドラも声を作った。だが気丈にしていられたのもそこまでだった。何をどんなふうに言われてもうまくしのげるはずだったのに、目の奥がじいんと熱くなる。

「どうした?」マットがすぐに尋ねた。

「この舞踏会はいつ終わるんですか?」帰りたいという気持を隠さずにアランドラは言っ

た。

「ロンドン育ちのきみには退屈なはずだな」マットの言い方はとても当てつけがましい。

「勝手が違うことは確かね」ワルツが終わるところだったのでアランドラは逆らわずにそう言った。

曲が終わったのをしおに彼から離れようとしたが、彼は腕を離そうともしない。

「ふたりを呼びにいくのさ」険しい目をしてマットは言った。勝手の違う田舎町の舞踏会に連れてきたりして申しわけなかったな、とはっきり言っているような目つきだった。

「でもジョーはとても楽しんでるわ」

「ロビーはバーでやけ酒を飲んでるんだ。彼にエスコートしてもらっているくせに、大もてなのをいいことにして彼をお払い箱にしたじゃないか」

「ずいぶん矛盾してるわね」皮肉をこめてアランドラは言った。「ロビーをそっとしておけと言ったくせに、そのとおりにすると、マナーをおろそかにしているってなじるんですものね」

「家までは十五キロの道のりだからね、アランドラ、ディアー」マットはあざけるように言った。「ビドゥイックじゅうの男性とダンスをしたわけじゃないっていうことをロビーに納得してもらう時間はたっぷりある」

ジョーがどこにいるかはすぐわかった。ジョーに近づいていきながら、マットはばかにしたような口調をやめなかった。

「車の中でロビーを扱いかねるようだったら、いつでもフロントシートに移ってくればいいんだからな」

「扱いかねたことなんてないわ、どんな男性でも」アランドラは強気で言い返す。

だが車の中のロビーはアルコールのせいですっかり慎みをなくしてしまっていて、アランドラを抱き締めようとし続ける。車が屋敷に着くまで、アランドラはバックミラーに映るマットの険しい顔に牽制《けんせい》されて声もあげられずに、酔っぱらいのしつこい手を払いのけることに懸命になっていた。車を出たときには、ふたりの男の頭を思うさま張りとばせたら、とさえ思った。

玄関へ入るとロビーは完全に正体をなくしてしまった様子だった。

「一緒にベッドへ行こう」ろれつのまわらない舌で言って、アランドラによろよろっともたれかかる。

「しゃんとしないか、ロビー!」マットが業を煮やしたように言って、ロビーをひったてていった。

「お酒が言わせたんだわ」とジョーが兄の代わりに謝った。「明日になったら死ぬほど恥ずかしいと思うはずだわ」

「わかってるわ」そう言ってアランドラは階段を上がり始めた。口もききたくないほどいやな気分だった。早くひとりきりになってベッドに入りたい。だがふと見ると、ジョーもあまりうれしそうな顔つきではないことに気づいた。いくらお兄さんが醜態を演じたからといって、こんな様子になるものだろうか？　アランドラは思いきってきいてみる。「楽しい夜じゃなかったの？」

「そうなの」ジョーはちょっと顔をこわばらせた。

「とても楽しんでいるように見えたけど……」

「わたしって変なの」とジョーは真顔で言った。「気持の半分はすばらしい舞踏会と思っていたのに、半分は沈みきっていたの。レディ・ハミルトンが町に戻ってきたのを目にして」

「まあ！」アランドラは絶句した。あの黒髪の美人のことに違いない。きっと前からのいわくつきの恋人なのだ。

「ほんとに、まあ、だわ」ちょうどジョーの部屋の前だった。「おやすみなさい、アランドラ」

ひとりになるとベッドに入る気がしなかった。もちろん眠くもない。そわそわしてじっとしていられない。真珠の首飾りをはずし、ドレスを脱ぎかける。だが、落ち着かずにドレスのファスナーを上げ直した。外の空気を吸ってみよう、いくらか気分がよくなるかもしれない。

ロビーを傷つける気などなかったのに、結果としては傷つけてしまった――そう思うとため息が出た。忍び足で階段をおり、朝食の間《ブレックファストルーム》のドアから外へ出た。露にぬれた芝生を踏んで、つるばらをはわせたアーチの下で立ち止まる。ほっとしたせいか、ロビーに対しては同情よりも改めて怒りを感じる。マット・カーターに対しても……。怒りが高じるがままに、アランドラは芝の上をせわしなく行ったり来たりし始めた。

「落ち着かないようだな、アランドラ」マットの声が突然して彼女はぎょっとして立ち止まった。くるりと振り返ると、暗がりからマットがぬっと現れた。ドレスシャツが月の光を浴びて白く輝いている。

彼がそばに近づくにつれてアランドラの胸はどきどきと打ち始めた。驚かされたせいに決まっている――アランドラは無理に自分にそう言い聞かせた。

「わたしが邪魔を入れたせいでフランク・ミリントンにロマンチックな息抜きのための日取りを言わせそこなったから、そんなに落ち着かないんだろう？」

あのワルツを踊った人はフランクという名であるらしい。ぼんやり思いながらアランドラはおうむ返しに言った。「ロマンチックな息抜き？」

「今夜のきみの顔にはっきりと描《か》いてあったことだ。ここ一カ月以上も無理やり押しつけられた修道女並みの生活を埋め合わせようとしたんだろう？」

「あなたがおっしゃるようなロマンチックな息抜きがしたかったとしたら、ロビーで間に合うわ」アランドラは負けずに言い返した。

「ロビーじゃもの足りないだろう。だからわたしを追いかけてきたんだろう？」

「追いかけてきた、ですって？」アランドラは彼が何を言っているのか、すぐにはのみこめなかった。だが、じつにひどい邪推をされているとわかってかっとなり「うぬぼれないで！」と声を押し殺して言った。彼にまつわりつくようにしていたあの美人の姿が思い浮かぶ。「あなたに尻尾を振るような人は大勢いるでしょうけど、マット。わたしをそんな女と勘違いしないでください！」

「ロマンチックな結びつきも求めていない、というわけかね？」そう言って彼は一歩踏み出し、アランドラの両腕をぎゅっとつかむと力まかせに引き寄せた。「試してみようじゃないか。証明してみよう」

アランドラの唇はあっと思う間にキスでおおわれた。アランドラはとっさに激しく身をもがいたが、かえっていっそうきつく抱き締められるだけだった。こんなひどいことを――かっかと燃えていた怒りはやがて消えていき、別の炎が彼女の内部で赤々と燃え始めた。

彼の唇が離れたとき「やめて」とは言ったが、彼のキスをあらわな肩に感じたときには、あらがう力は完全になえていた。

「やめなくていいんだね？」ぶっきらぼうな口ぶりで彼がきく。アランドラは彼の目を弱々しく見返すのがやっとだった。

ふたたび唇を求められ、アランドラは思わず彼に抱きすがっていた。アランドラはいままでこんな濃厚なキスを経験したことがない。だがキスにつぐキスというのがどういうことなのか、キスをし合うというのがどういうことなのか、たちまちのうちに彼女は学びとっていた。

やがて彼のキスが唇を離れてあらわな胸もとをおおい、彼はしなやかにたわむアランドラの体をいっそうきつく抱き締めた。アランドラはその抱擁に思いきり応《こた》えていた。

彼が顔を上げ、そのままじっと動かないでいることにも、ちょっとのあいだ彼女は気づかずにいた。彼が突然、体を引く。また唇を求められるということしか思い浮かばなかったアランドラは、キスを受けるために顔を上げた。

水を浴びせられるというのはこういうことを言うのだろうか？　彼はキスをしようとするどころか、アランドラの両手を肩からはずさせた。アランドラはわけがわからずにただ立ちつくしているだけだった。

「これでわかったわけだ」耳ざわりな声が言う。

「わかった、って……何が？」

「きみの修道院生活が長すぎたっていうことがさ」

修道院生活ですって……？　彼が何を言ったのかやっとわかってアランドラは声を詰ま

らせながら言った。「それでは、あなたは、計画的に……！」

彼は耳ざわりな笑い声をあげた。あざけりのこもった笑い声だった。

「さかりのついた雌犬だって、これほどがつがつはしない」そんなひどいことを言われてアランドラは息をのんだ。「だけどあいにくだが、わたしはそういう助力をするつもりはない。きみが受け取れるのは千ポンドこっきりだよ。そういうボーナスはどこか別のところで探すことだな」

いままで感じたことのない激しい怒りにとらえられてアランドラは全身をぶるぶると震わせた。目の前が真っ暗になり、それから瞬く間に真っ赤に染まっていった。

無意識のうちに、アランドラのてのひらはマットの頬に命中した。

「自業自得よ！　千ポンドからその分を差し引いてもらって結構ですからね！」アランドラはそうたたきつけるように言ってくるりと彼に背を向け、家の中へ駆け込んだ。

7

朝食の間《ブレックファストルーム》にはもうみんながそろっていたが、ぎごちない雰囲気がただよっている。マットの方は見ないようにしてだれにともなく、「おはようございます」と言うと、気のなさそうな挨拶《あいさつ》が返ってきた。コーヒーポットに手をのばす。いつもだとだれかのカップが空になっているかどうか見まわすのだが、今朝は自分のカップにだけコーヒーを注《つ》ぐ。

ロビーはしょげかえり、穴があったら入りたいとでも思っている様子だった。当然の報いだわ。優しい言葉などかけまいと決心した。

三十分たつと時計が鳴り、マットが立ち上がった。マットが出ていくあとをジョーが追う。すぐロビーも椅子を立っておどおどした目をアランドラに向けてから出ていった。

祖父とふたりだけが残された。アランドラは椅子に置いたショルダーバッグから真珠の首飾りを取り出した。

「貸していただいてありがとうございました」他人行儀に言ってアランドラは首飾りを祖父の前に置いた。

祖父はアランドラと首飾りを交互に見て眉をひそめた。「おまえにあげたつもりなんだけどね、アランドラ」

「ありがたいとは思っていますけど……ほしくないんです」アランドラはきっぱりと言った。

「なんていうことだ！」祖父は大声で言い、首飾りをさらい取ってカーディガンのポケットに入れた。「孫になめられるとはな」ちょうど戻ってきたジョーに当たり散らすようにして部屋を出ていった。

「よかったわ、ロビーがいなくなってからかんしゃくを起こしてくれて」ジョーはポットに手をのばしながらそう言った。「ロビーはひどい二日酔いなんですって」

「そうらしいわね」

「じゃ、マットが不機嫌なのにも気づいたでしょ？」アランドラはまだ痛みの残っている手をそっとさすった。「わたしもこらえられなくて、言ってやったわ」とジョーが続ける。「コリーン・ハミルトンがまたねらってるから気をつけて、って」

「また？」

「一度、引っかけられそうになったの……。わたしが勝手に想像しているだけかもしれないけど」ジョーはあれこれと思い出している様子だった。「マットに捨てられてすぐ大金持のお年寄りと結婚したのよ。マットはその辺のことをちゃんと見抜いていたんでしょうね、きっと」

「結婚してる人なの？」なんの興味もない話と思っているはずなのにアランドラはまたそうきいていた。

「いまは違うわ。まんまと離婚したわ、ものすごく高い慰謝料をもらって」

「それでまたマットにつきまとっている、と思うわけね？」

「昨夜の彼女の様子を見なかった？　マットにべったりだったわ！」ジョーはせっかく注いだコーヒーには口もつけずに立ち上がり、「ドライブしてくるわ」と言ってドアへ向かった。ドアを開けてからジョーはアランドラを振り向いた。「一緒に行く？」

アランドラは首を振った。「遠慮するわ」

その代わりアランドラは長い散歩に出た。考えはどうしてもマット・カーターのことにいってしまって動揺するだけだった。けれど、暖かな日差しを浴びてすばらしい風景に目を遊ばせているうちに、いら立ちや悔しさやたじろぎは自然に静まっていった。とにかくマットのことは考えないことにしよう。

その夜、何着もないドレスのどれをディナーに着ていこうか迷っていると、ドアにノックがあり、姿を現したのはロビーだった。

「いいだろうか、アランドラ？」彼は口ごもりながら言った。「昨夜のことを謝りにきたんだ。階下《した》ではふたりきりになれないと思って……」

いまさら謝ってもらうこともないと思い、ぴしゃりとドアを閉めようかとも思ったが、ロビーの様子はとても深刻そうだった。マットが言うとおり、こちらにも落度があったのは認めなくては……。

「入って、ロビー」アランドラは招じ入れた。アランドラが浮かべたほほ笑みに励まされたのだろう、ロビーは頬を染めながら口早に謝り始めた。

「マットに言われたんだけれど、とんでもないことを言ってしまったらしい。ぼくが覚えているのは、真っ赤なドレスに包まれたきみがとてもきれいで、そのきみをお人形みたいにかわいがってあげたいと思ったことだけなんだ。だから、あんなことを言ってしまったのも……とてもひどいことだけど、言葉どおりの意味じゃなくて……」

ロビーが躍起になって弁解していることがわかると、小心なロビーをこれ以上いたたまれない気持にさせておくのがかわいそうになってくる。

「これから気をつけて」ぴしゃりとアランドラは言った。

「もちろん、気をつける」彼は熱っぽく言った。「あんなばかなことを言ったりしたのも、もとはと言えば……」ロビーは赤くなって続けた。「きみに夢中になってしまったからだ」

「ああ、ロビー」アランドラはたしなめるような口調になった。「そんなことを言ったって、わたしたちふたりがどうなるわけもないのよ」

「ぼくらがいとこ同士だから?」

「あなたのことを……そんなふうな気持で思ったことがないからだわ、ロビー」これからだって、そんなふうにはなれないだろう。ロビーに対してもだれに対しても……。そう思った瞬間、マット・カーターの顔がぱっと心に浮かび、アランドラの眉間《みけん》にしわが刻まれた。

「ぼくのことを嫌いじゃないんだろう?」ロビーが重ねてきく。「それは、ぼくは頭の回転がよくはないし、煮えきらない性格だ。いまの仕事を辞めたいのに、どんな仕事が自分に合ってるのかさえはっきりしないんだから……」

「若いときってだれでもそうなんじゃないかしら」なんだかロビーよりもいくつも年上のような気持になってアランドラは言った。「三十歳前ぐらいまでいろいろと仕事を変える人はたくさんいるわ。あまり若いうちから一生の仕事を決められないでしょうし……」アランドラはほほ笑みを浮かべながら戸口へ向かった。「あなたもそのうち、きっとうまくいくことになると思うわ」

「ぼくのことは好きにはなってくれているんだろう、アランドラ?」アランドラがドアを開けたのにうながされてロビーは戸口に立ちはしたが、返事を聞くまでは出ていかないという意思もはっきり示している。

そうよ、と答えようとした。好きなことは間違いないのだから。だがそのときロビーの背後に人の姿がちらっと動くのにアランドラは気づいた。マット・カーターだった。彼は自分の部屋へ入ろうとしていたのだろう。アランドラがドアを開いたのを目にして顔を向けたらしかった。

まともに彼の目を見つめるのは昨夜以来はじめてのことだった。彼の唇の感触がよみがえり、同時に〝さかりのついた雌犬〟というひどいののしり声が思い出される。

「どうなの、アランドラ？」

ロビーはほとんど訴えかけるように言った。わたしはどうせ〝さかりのついた雌犬〟なんだわ！　マット・カーターはロビーがわたしの部屋で何をしていたか勝手にきめつけているに違いない。

「あなたのことは、とてもすばらしい人だと思ってるわ、ロビー」アランドラは緊張しきった顔つきのロビーににっこりと笑いかけ、唇にそっとキスを置いた。

マットの部屋のドアが屋敷じゅうに響くほどの大きな音をあげて閉められたが、目のくらんだようなロビーには耳にも入らない様子だった。呆然《ぼうぜん》と立ちつくしているロビーをそのままにしてアランドラはそっとドアを閉めた。

ディナーは特別のこともなく進み、コーヒーが配られた。あと五分もたてばみんなはばらばらに散っていくだろう。このあとはテレビを見よう、とアランドラは思っていた。楽しみにしていた番組があるし、マットはめったにテレビを見ないから。

「今夜、パブへ行かないかな、アランドラ？」

アランドラはそうきいたロビーの方を向いた。マットの目が細められているのがちらっと目に入る。だが口実を考えるまでもなく、ジョーが助け船を出してくれた。

「昨夜さんざん飲んだんですもの、当分、飲まなくてもいいんじゃないの?」

「今夜はすごく飲みたいんだよ」妹の皮肉には取り合わずにロビーは言った。「ぼくが酔っぱらってもアランドラが運転して連れ帰ってくれるからね」

兄妹げんかの気配を感じたので、アランドラは何か言わなくてはと思った。

「残念だけどわたしは車の運転ができないの」

ジョーは目を丸くして「運転ができないんですって!」と大きな声で言った。まるで読み書きができないのを知って驚いたというふうに。

みんなの目がいっせいに向けられた。学校で習わなかったんですもの――そう言おうと思ったが、その前にロビーが言った。

「ぼくが教えてあげるよ、アランドラ」

マットが不愉快そうな顔つきになる。そんな顔を見なくてもアランドラとしては気が重い。手ほどきをしてもらうためにはロビーと何十時間も過ごさなくてはならないのだから。

「ロバートは運転が上手だ」祖父が口をはさんだ。「チャンスを逃すことはないよ」

ジョーもロビーも祖父のほめ言葉が意外だったらしくて、そろって祖父に目をやった。マットの視線も祖父に向いているに違いない。アランドラはそう思ってちらっとマットを見た。マットの目はじっとアランドラに向けられている。とても険しい色を浮かべて……。

「決めていいね、アランドラ?」

ロビーに催促されてアランドラはマットから視線をはずし、にっこりとロビーに笑いかけた。

「チャンスを逃すことはないみたいだわ」

マットが椅子から立つのが、アランドラの視界の隅に映った。だが、祖父の声にアランドラの目は祖父にくぎづけになり、大きく見開かれた。祖父はこう言ったのだ。「試験を一回でパスしたら車を買ってあげよう」

マットが立ったままなことに気づいてアランドラはテーブルの端の彼の目を見上げた。彼はとても鋭い目つきでアランドラを見つめている。そこには非難も挑発もこめられている。

「そんなふうに……」アランドラは視線をマットから引きはがすようにして祖父に目を戻した。「そんなふうに挑戦されて引きさがるわけにいきます、おじいさま?」

ドアに向かうマットにジョーがどこへ行くのかきいた。「外だ」ぶっきらぼうに答えて彼はダイニングルームを出ていった。

翌朝はいつもより早く目が覚めたが、そのまま部屋にいて、マットとロビーが出かける時間を見計らって階下へおりていった。だが腕時計が一日に十分も進むことを、うっかり忘れてしまっていた。マットが玄関で受話器を耳に当てている。ちょうど出かけるところを電話に引き留められた様子だった。

電話を切ろうとしているようにアランドラには思えたが、彼女の姿を目にするとマットはひと言も言わずに受話器を差し出した。

「わたしに？」そんなことはきかなくてもわかっているのにアランドラは思わずそう言った。彼に面と向かうだけで落ち着かない。だがすぐアランドラはいやみな言い方で武装した。「だれからなのかはもちろんきいたんでしょうね？」

受話器を受け取って耳に当てるとヘクターではなくてフランク・ミリントンだった。今日はずっと出てしまうのでこんなに早く電話をしたのだと言ってから、今夜のディナーを一緒にしたいが都合はどうだろうかときいた。もちろんデートに応じる気などないので、アランドラは他人事のような顔で聞いていた。

マットは出ていこうとしない。ロビーを待っているのだろうか？　車の具合が悪いか何かでロビーの車に乗せてもらうために……？　それとも電話が空くのを待っているのだろうか……。

「昨夜、七時半に電話したんだけど、出かけていていないとマットに言われてね」とフランクが言った。じろっとマットを見たが、マットは超然とした様子でアランドラを見返す。

「言づてしてくれるように頼んでおいたんだけど、伝えてもらえたんだろうね？　今夜ふさがっていないならぼくとつき合ってほしい、って伝言を頼んだんだけど」

「もちろん伝えてもらってるわ」そうつくろってから、「ちょっとお待ちになって」と言ってアランドラは送話口をてのひらでふさいだ。ちょっぴり毒を含んだ茶目っ気が頭を持ち上げている。

「教えて、マット。フランク・ミリントンはお金持なんでしょ？」予期していたよりもずっと早く彼の目が険しい色をおびる。

「大金持さ」マットは声を押し殺すようにして言った。

「わたしみたいな女が彼みたいな人と今夜ディナーに出かけたら、どうなるかしら？」

「そういうの、きみは得意だろう。腕によりをかけたらいいじゃないか」吐き捨てるように言ってマットは大股で玄関を出ていった。

ロビーがいつもより早めに帰ってきたときにはアランドラは客間で雑誌に目を通していた。

「アランドラ？」と声がかけられ、客間のドアが開いた。アランドラの姿を目にしてロビーはにっこりと笑った。「さっそく始めたいけど、すぐ出られるだろうね？」こんなに朗らかなロビーをアランドラはいままで目にしたことがない。

このレッスンを避けるためだけにでもフランク・ミリントンの誘いに乗っているのだったとアランドラは思う。「でも……車を運転するには、仮免許みたいなものがいるんでしよ?」

「うっかりしてたな、それは……」ロビーは風船がしぼんだような顔になった。「ランチに出たときに練習用を表示するプレートは買っておいたんだけどな……」だがすぐ彼はまた晴ればれとした顔つきに戻った。「そうだ、あの空地にしよう。あそこならそう遠くないし、免許証も必要ない」

断ったら彼の顔がどんなふうになるか目に見えるようで、承知しないわけにはいかなかった。

うれしくてたまらなそうなロビーの運転で目的の空地へ向かい、着くとすぐ席を入れ替わった。簡単に操作を教わってからアランドラは生まれてはじめて車を運転した。はじめのうちは手足の動かし方に夢中だったので気にもしなかったが、ギヤさばきやハンドルさばきを注意する彼の手がアランドラの手に必要以上に触れている気がして、しだいにいらいらし始めた。

バックのしかたを教えてもらっているときだった。ギヤレバーに置いたアランドラの手に手を重ねながらロビーが「アランドラ」とくぐもった声で言った。

彼の方を向いたアランドラは、ロビーの顔がすぐそばにあることに驚いて「やめて、ロビー」と言って反射的に体を遠ざけた。ロビーの顔がみるみる曇った。「ああ、ロビー、わたし、あなたのこと大好きよ。でもそれはいとこととしてだわ。それ以上の気持になれるわけがないわ」
「でもそれ以上のものになることだってあるんじゃないかな?」
「絶対にないわ、そんなこと」
「どうしてわかる?　チャンスも与えようとしないで、どうしてそんなことが……」
「わかるのよ、ロビー」アランドラはきっぱりと言った。
「夢中で愛しているからだな、だれかのことを!」アランドラのきっぱりとした言い方を
ロビーはそう取ったのだろう。
「わたしは、何も……」そんな意味で言ったのではないと続けようとしたが、否定したら
かえって面倒なことになると気づいた。ロビーが思いこんだままにしておくよりしかたが
ないかもしれない。「そうなの」ロビーから目をそらしてアランドラは言った。「愛してる
の、ほかの人を」
屋敷への帰り道はお互いに黙りこんだままだったが、やがて我慢しきれなくなったよう
にロビーがきいた。
「ロンドンにいるの、その人は?」
「やめて、ロビー、もう話したくないわ、そのことは」アランドラはそう言ってそれ以上
ごまかしを重ねることを避けた。
ディナーの三十分前、そろそろ着替えをしなくてはと思って衣装だんすに向かったとき

だった。マット・カーターがノックもせずに、ずかずかっと入ってきた。彼は入ってくるなりアランドラをにらみつけて「いったいどこへ行ってたんだ？」と怒りをたたきつけるような言い方できいた。

あまりのぶしつけな態度にアランドラはかっとなった。プライバシーの侵害、という言葉がとっさに口に出かかった。だが彼の目はへたに歯向かったらどんなことになるかわからないような危険な燃え方をしている。

「こんばんは、マット」アランドラはできるだけよそよそしく言った。彼の目がぎらっと光るのを見ただけでアランドラはうろたえてしまう。しかしどうにか自分を奮い立たせて窓の方を手で示した。「そこから下を見ていただけばわかるはずだわ。ロビーの車に練習用のプレートがつけてあるのが見えるでしょう」

マットは窓辺に寄ろうともしないし、怒りが静まる様子もない。

「そんなものはいつだってはずせるんだ。プロのレッスンを受けさせるようにしてやる。このわたしがだ！」

「プロのレッスンを？」彼の勢いにけおされてアランドラは呆然と彼の顔を見上げていたが、やっとなんとか余裕の笑みを浮かべられるようになった。「レッスン代はもちろんあなたに持っていただけるんでしょうね？」

「ほかにだれが持つ？」

彼がどうしてこんなに腹を立てているのか、アランドラははっと悟った。帰ってきたときにロビーもわたしもいなかったのでわたしがロビーの気を引くようなことをするんじゃないかと思ったのだろう。

「あなたはまさかわたしが……ロビーのことをたきつけてるって……」

「そうじゃないのか？」彼は憎々しげに言い放った。

「わたしがそんな……」と言いかけてアランドラは口を閉ざした。なんだかとても傷ついてしまっていて、言い返そうという気持が消えてなくなってきた。マットはロビーのことは心配するのに、わたしには気もつかってくれない。マットにはわたしはどうでもいい存在なのだ。アランドラはそうとしか思えなかった。そのことでどうしてこんなに傷つくのかはわからない。わかっていることは、胸がひりひりと痛み、彼に歯向かう気持がなくなっているということだけだった。「ロビーのことは心配なさらなくてもいいんです」抑揚のない声でアランドラは言った。「わたしとはどうもなりはしないことをロビーはちゃんと承知してるんです」

「昨夜のこのドアのところで見せたみたいな、愛情のこもったしかたで承知させた――そういうことか？」アランドラの心の中でどんな葛藤《かっとう》が起こっているか見破ろうとでもするように彼は強いまなざしでアランドラを見つめている。

昨夜ロビーにキスをしたのはとんでもない間違いだったのかもしれない――アランドラ

は思っていた。「彼は謝るためにここへ来ただけだし……わたしも、ふたりがどうなるわけもないことを彼にはっきり言いましたから」

「だからあんなふうな、いとこらしくないキスをした、と言うのかね?」マットは容赦のない口調で言った。目つきはもっと険しい。「だれがだまされる、そんないいかげんな説明で!」

「さっきも彼に言ったばかりです。彼もいまははっきりと承知しているはずです。なぜって……」

「なぜって?」マットがうながす。

「なぜって……」どうしてこんなことまで言わなくてはいけないのかと思うと怒りがこみ上げた。「ほかの人を愛していることをはっきり話したから」

マットの口がぎゅっと結ばれる。「うそをつけ」と声を押し出すようにして彼は言った。「うそに決まってる!」

「うそなんかじゃないわ」こうして否定することがどんなに高くつくことになるかとちらっと思ったが、もうあとへは引かない、という高ぶった気持になっていた。

「きみがだれかを愛しているはずが……」

「あら、そうかしら」アランドラの口もとが冷笑でゆがむ。「だったらどうして好ましい独身男性に背を向けたりします?　いとこはいとこですけど……ほかに夢中で愛している人がいるのでなかったら……」いい気になりすぎた、と思ってアランドラは口をつぐんだ。マットの目が殺気をおびる。

我慢が限度を超えた、という様子で彼がさっと動いた。アランドラは反射的に逃げようとしたが、腕をぎゅっとつかまれて乱暴に振り向かされた。

「大うそつきめ！」アランドラのもう一方の腕も力まかせに握ると、マットは歯ぎしりし、怒りに満ちた声をしぼり出した。「うそが見抜けないとでも思っているのか！」

彼が何をするつもりでいるのか考える暇もないうちにアランドラはかかえ上げられ、はっと悟ったときにはもうベッドへほうり出されていた。

「きみが大うそつきだということはすぐわかるさ、アランドラ・トッド」もがき逃れようとするアランドラにおおいかぶさりながらマットはそう言い、アランドラの唇をふさごうとした。

アランドラは首を左右に振ってキスを逃れようとした。だが大きな重い体にのしかかられてしまっているので、いつまでも逃れおおせているわけにはいかない。アランドラが抵抗した分だけ彼のキスは容赦のないものになっていた。

昨夜のことを思い出してアランドラはおびえた。応じさせようとするマットの抱擁に熱っぽく応《こた》えてしまったことを。応えようなどとはこれっぽっちも思っていなかったのに……。アランドラはおびえた。自分自身におびえた……。

両手だけでも自由になったら、と思って懸命にもがく。両手が自由になれば、爪を立てることができる。ひっかくことができる。だがキスがいっそう執拗《しつよう》に、濃厚になるだけだった。思いきり身をよじったりそらしたりしたが、かえって彼をそのかすことになった。

彼のキスが唇を離れ、喉もとへ移っていく。頭の上で腕を固定され、身動きもできない状態にされたままアランドラは「いや！」と上ずった声で叫んだ。

シャツのボタンがはずされ、ブラジャーがずらされ、胸のふくらみが熱い唇におおわれたときアランドラの拒絶の言葉はふたたび放たれた。しかしその声は彼女自身にもうめき声にしか聞こえなかった。

思いがけなく優しい手つきで胸が包みこまれる。今度も〝いや！〟と言いたかったし、胸の中では〝やめて！〟と叫び続けていた。だが愛撫《あいぶ》がアランドラを別の女に変えていた。まるっきり自分ではない女に。自分のことはよく知っていたはずなのに……。彼がキスをやめて顔を上げる。頰を紅潮させながらアランドラは彼の目を追った。彼の目がおおうもののなくなったアランドラの胸もとにそそがれても、アランドラの口からは抗議の声は出なかった。

胸がキスのシャワーをあび、アランドラは体を弓なりにそらして愛撫に応えた。身をもがいて逃れようなどとはもうこれっぽっちも頭に浮かばない。全身で彼を感じていたい、彼がほしくてたまらない……。

腕が解かれ、激しいキスと愛撫が続いた。彼の顔が上げられそうになったので、両手をまわして抱きすがる。

「いや……」今度はやめないで、と胸の中で続ける。目をぎゅっと閉じたまま。彼の唇が離れる。「ああ、マット……」かすれ声とともに全身を震わせながらアランドラは大きなため息をもらした。

全身が燃えさかっているようだ。頬が燃えるように熱い。この熱さをわたしから取り除かないうちは、この高ぶりを静めないうちは、マットは離れるまい。火をつけたのはマットなのだから、わたしをこんな切ない気持にさせたのはマットなのだから……。

アランドラの全身はまたどうしようもなく震えたが、それは胸を愛撫していた手がはずされ、彼が離れていったからだった。

マットが傍らに戻ってくる気配がない。アランドラは寒気を感じ、それでもまだ口もとに甘い酔いをただよわせたまま、うっすらと目を開けた。

マットはベッドの足もとのほうに立ったまま、おおうもののないアランドラの胸に冷たい視線をはわせている。彼の目がアランドラの口もとに移り、いっそう冷ややかになった視線がアランドラの目にそそがれる。予想もしていなかった視線を浴びてアランドラの頭の中には警報が鳴り響いたが、それでも次にむごすぎる言葉を浴びせられるなどとは、思いもしなかった。

「こんなふうにわたしに応えておきながら、それでもまだだれかを愛しているなんて言い張るつもりかね？」マットはアランドラに冷笑を浴びせてドアへ向かい、ドアの前で振り向くと、呆然と見つめているアランドラにとどめのひと突きを与えた。「愛するという言葉がどんな意味なのか、きみには見当もつかないようだな、お嬢さん」

ドアがそっと開かれ、音もなく閉じる。マットは行ってしまった……。アランドラの口からうめき声がもれたが、途中ですすり泣きに変わった。あの人は間違っている。見当もつかないのはあの人のほうなのだ……。アランドラはうつぶせになって枕に顔をうずめた。わたしももちろん知らなかった――いまのいままでは。いままではかたくなに拒んでいたのだ。たぶん認めるのが恐ろしくて……。

ああ、でもいまは愛するという言葉がどんな意味なのか、はっきりわかっている。実際に愛しているのだから――彼のことを夢中になって愛しているのだから！

8

どうして五分と遅れずにダイニングルームに行けたのか、アランドラ自身にもよくわからない。体の芯《しん》から揺すぶられるような発見にしばし呆然《ぼうぜん》としていたがプライドがよみがえり、お化粧や身仕舞いをてきぱきとすることができた。

マットには愛情がないからあんな仕打ちができたのだと思うと、胸が裂けるようだったが、そんな思いも振り払い、アランドラはダイニングルームへ駆けこんだ。

「ごめんなさい、遅くなって」彼女は明るく言った。みんなはちょうど席に着いたばかりだった。「夢中になって楽しんでるときって、つい時間を忘れてしまうものね」

ついさっきまで彼のキスにあんなに頬をほてらせていたのに、そんなことなどそぶりにも見せず、まるでいままでキッチンでじゃがいもの皮むきに熱中していたとしか思えない――そんなふうにマットに感じさせることができたらどんなに気持が晴れるだろう。

「今日は最初のレッスンだったんだね」祖父が応じた。「そんなに楽しかったのかね？」

残念だけど、とオードブルのパテを口に運びながらアランドラは思った。最初で最後のレッスンだということをロビーに言わなくてはいけないわ。みんなには――マットを除けば――はじめて車を運転したせいで興奮していると思われているのに……。

「おじいさまがおっしゃったとおり、ロビーはとても運転が上手だわ」そう言ってアランドラはロビーの方を向いた。ちらっとマットと視線が合ったが、相変わらずあざけりの色が浮かんでいるだけだ。あわてて視線をはずす。「でも、どうしても友だちのことが頭を離れないの。その人もやっぱりいとこに運転を教えてもらっていたんですけど……」とアランドラは作り話を口にした。「レッスンが進むにつれてものすごいけんかが始まってしまったの。ですから……」ワイングラスを手にしてひと口飲む。「ですから、決めたんです。ロビーはとてもすてきな先生ですけど、もう車の運転はあきらめることにしましたわ」

「だけど……」ロビーがすぐ言いだしたがアランドラは先を言わせなかった。

「わたしにはお友だちは数えるほどしかいないの、ロビー。その貴重な人と仲たがいしたくないのよ。だって、あなたとはずっと仲よしでいたいんですもの」

ロビーはきょとんとした顔になっただけだったが、ジョーがマットに、だれかアランドラに教えてあげる人がいないかときいた。マットは何か言いかけたがアランドラがジョーに答えるほうが早かった。

「でもわたし、はっきり決めたの。車の運転はもう習わないって」

「でもおじいさまが車を買ってくださるのよ、一回で試験にパスしたら！」

「わたしって子供のころから試験に弱いの」アランドラはまんざらうそでもないことを言ってにっこりした。

「おまえは父親そっくりだな、そういうところは、アランドラ」笑みを含んだ声を聞いて、アランドラは祖父に目をやった。いつもはまったく温かみの感じられない顔に微笑が浮かんでいる。その微笑の意味を悟ってアランドラはにっこりと笑い返した。父に似て試験に弱い、と祖父は言っているのではない。父に似て物欲がない、と見て取ってくれたのだ。マットと違って……。

「ありがとう、おじいさま」こみ上げてくる思いに息を詰まらせながらアランドラは言った。

ディナーのあとで祖父はいつものように自分の書斎へパイプをすいにさがっていった。ジョーとロビーはテレビを見にいった。マットはまっすぐ階段の方へ向かう。祖父と同じくアランドラもひとりきりになりたかったが、二階へ行ったらマットと鉢合わせでもするかもしれない。そう思って図書室へ行くことにした。

だがしばらくのあいだ図書室にいても、そわそわとするばかりで落ち着いて本を読んではいられない。ジョーとロビーのいるところへ行くことにしよう――アランドラは読みかけの本を一冊、手にすると図書室を出た。

廊下を横切って玄関へ向かうマットの姿を目にして、胸がどきっとして足を止めた。マットは脇目も振らずに大股で歩いていた。アランドラには気づかなかった様子だ。その場に立ちすくんで息を殺していたアランドラは、ドアが開け閉めされる音を聞いて、呪縛《じゅばく》から解かれたように廊下へ走り出した。ジョーとロビーにおやすみを言うつもりだったことも忘れてまっしぐらに階段を駆け上がった。

本は頼りにならなかった。目は活字を追っていても、頭には少しも入らない。気がつくと、同じところを何度も読み返している。とうとう本をほうり出し、ベッドに入る時刻がくると寝支度をした。ベッドに入りさえすれば明日の朝まで余計な思いに悩まされることはないだろう。

だがとんでもない思い違いだった。真夜中、アランドラはベッドを出てローブに腕を通した。マットがあの美しいコリーン・ハミルトンと親密に語り合っているところが目に浮かんで眠れない。

紅茶を飲めば少しはよいかもしれない。ローブのベルトをきゅっと締めて、階下《した》におりる。マットの帰りが何時になるのかはわからない、帰ってくればの話だけれど――。そう思っただけで嫉妬《しっと》が胸を刺す。昨夜は何時間も眠れずにいたけれど、彼が帰ってきた物音は耳にしなかった。夜に出かけるときは早く帰ってきたためしがない。朝方帰ってくるので、牛乳配達の人と顔なじみになっているとしても、別に驚きはしない……。

キッチンに入り、湯沸かしをセットしてキッチンテーブルの椅子のひとつに腰をおろした。そのあとアランドラはテーブルに頬づえをついて深いもの思いに沈んでいった……。ああ、どうしてあんな人に恋をしてしまったのだろう！　わたしに対してぶしつけなことを言い、手荒な扱いしかできないあんな人に……。そう、あの乱暴な抱擁、乱暴なキス……。でも、彼は乱暴なだけの人だろうか？　アランドラは彼の優しさを思い出していた。いたわりをこめて胸を愛撫《あいぶ》してくれたことを。彼の唇の優しい感触を……。あんまりつらくてアランドラは泣きだしてしまった。

たしかに彼はひどいばかりではない、とは思う。ただ激情に駆り立てられたようなキスが続いたこともあったとしても、それが彼女にとってむごい仕打ちだとは気づかなかったのだから。

胸はますます締めつけられ、頭の中はもつれを増していく。こんなときに心を打ち明けられる人がいてくれたら――そう思うと涙はとめどなく流れた。心を打ち明けられるただひとりの人、優しい母は、いまはもういない……。

とうとうたまらなくなってアランドラはせき上げて泣きだした。その声が静かなキッチンに反響して、アランドラははっとした。こんなところをマットに見られでもしたら恥ずかしくて死んでしまう。早く部屋に戻らなくては、と椅子から立ち上がりかけた。

でもマットはまだ帰ってくるはずがない。マットとコリーン・ハミルトンが笑みを交わし合っている姿がまた浮かんでくる。嫉妬の感情がアランドラを襲う。彼女を抱くときはどうなのだろう？　感情のままに思いのままに彼女には振る舞うのだろうか……？　アランドラはテーブルに伏せ、腕に顔をうずめて悲しみがこみ上げるがままに泣きくずれた。みじめな思いに痛めつけられてどのくらいのあいだそうしていただろうか？　お湯の沸く音も耳に入らなかったし、ドアが開く音にももちろん注意を払っていなかった。

　隣の椅子が引かれる音に、アランドラはぎょっとして顔を起こしかけた。

「悲しみに沈んでいるというわけかい？　かわいそうなアランドラ」マットのあざけりの声が浴びせかけられた。「わたしの鼻を明かそうとしたが、ちょっとあせりすぎたことに気づいたわけだろうからな」

　なんのことを言っているのかさっぱりわからない。どうせいやなことに決まっている。このまままっすぐ部屋へ駆け出したい。泣きぬれた顔を見られてしまうと思うとたまらなかった。

「そんなに自分を責めることはないだろう、アランドラ、ディアー」マットがそんな言い方を続けるのは、アランドラに顔を上げさせようとしているからだろうか？「成果は着々と上がってるわけじゃないか。きみのだいじなおじいさまからお金でもご寵愛《ちょうあい》でも思いのままに巻き上げるこつをのみこんできたんだ」

　車のことを言っているのだろうか、とアランドラはちらっと思った。

「それともフランク・ミリントンという金持の魚を取り逃がした当てつけかね?」

わたしがすっかり取り乱したのを、この人は演技だと思っているらしい。この人の帰る時間に合わせてわざとやっているると思っているだけなのだ——そうわかってまた涙がこみ上げた。アランドラは顔を見られないようにしてさっと立ち、ドアへ駆け出した。

だがマットの動きのほうが早かった。彼はアランドラを追い越してドアの前に立ちふさがり、うつむいたままドアの取っ手に手をのばそうとするアランドラの腕を取って強制的に仰向かせた。そのときだった——アランドラの顔をマットがまじまじと見つめたのは。彼はうめくような声をあげた。

泣き顔を見られてしまった屈辱に耐えられず、アランドラは懸命に彼の手を振りほどこうとした。手は放してもらえない。

「どうしたわけだ? 涙か、本物の涙か? きみのような女が泣くことがあるのか?」たったいまあげたうめき声とは似ても似つかないきつい言い方だ。

アランドラは必死になって気持を落ち着かせようとした。ローブのポケットを探ってハンカチを出し、涙の跡をふいた。それから体を震わせながら大きく息をした。精いっぱい冷静になろうとして。

「信じてもらえるかしら……」声はかすれきっていて、自分の声だとはとても思えない。アランドラは彼の顔から目をそらし続けた。「たまねぎをむいていた、って言ったら?」

ほほ笑もうとしたが、口もとが引きつるだけだ。彼の顔がゆっくりと左右に振られる。その彼の顔に目をやらないわけにいかなかった。

彼の口調が険しい一方だったので、当然険しい顔つきに出合うと思っていた。しかしアランドラの目にしたのは、意地を張り通す彼女に対してあきれるのを通り越して舌を巻いている、といった彼の表情だった。だが、ただ険しいだけの顔つきをされるよりもましだった。

「信じないね、これっぽっちも」あっさり言ってから彼はちょっと語気を強めた。「どうして正直なことを言おうとしないんだね?」

彼の視線がそそがれているのが気になって何も考えられない。アランドラの目はキッチンじゅうをせわしなく動く。突然、湯沸かしが目に留まった。

「眠れなくて……」正直なことではないかもしれないけれど事実は事実なのだ。「紅茶をいれにきたんです」

説明はちゃんとしました、という態度でアランドラはドアの方へ向かおうとした。だが腕はかえってきつくつかまれるだけだった。

「眠れないときはいつもこうなのか?」彼の声が穏やかになる。アランドラはちらっと彼を見る。まじまじと見つめてくる目に出合って彼女はあわてて視線をそらした。

「ええ、でも大丈夫です。もう眠れると思いますから」改めて彼の手を振りほどこうとしたが、なんの効果もない。

「もう飲んだの？」と言いながら彼は使ったカップがあるか目で探している。

「お飲みになる？」

マットがキッチンへ入ってきたのは水でも飲むためだったかもしれない、と気づいてアランドラはそうきいた。それとも、戸締まりを確かめにきただけだろうか？

有無を言わせないやり方でアランドラは椅子へ連れ戻された。だが驚いたことに「さあ、座って」と言った彼の声はもうきつくはなかったし、乱暴に押すようなこともない。彼の態度が思いがけなかったためだろうか、急に脚がなえたようになってしまってアランドラはほっと椅子に腰をおろした。

彼はアランドラを座らせるとまた湯沸かしのスイッチを入れ、無造作にふたり分のカップとソーサーを出した。彼がお茶をいれてくれようとしている――そのことに気づいてアランドラは目をみはった。

お湯はすぐ沸いた。沸くまでのあいだ、彼はアランドラには何も言わなかった。そっとしておいてくれているようだ。

カップが前に置かれ彼が隣に腰をおろしたとき、彼の質問にまだ何も返事をしていなかったことに、やっとアランドラは気づいた。でも、どんなことをきかれたのだったろうか

……？

「いいかい、アランドラ、きみはどう思っているか知らないけど、わたしはきみのことをそんなにひどい女ではないと思い始めているんだ」

またわたしのことを――そう思ってアランドラはうろたえた。わたしのことが話題になっている限り必ず困ったことになるのはわかりきっている。どうしてわたしが泣き伏していたか、この人の鋭い目にいつまでも隠しておけるわけがないのだから。でもどうしたら話をそらすことができるだろう？

プライドにすがるよりほかはなかった。彼が言うようなただの強情っぱりで通すよりしかたがない。

「無理をしてくださらなくてもいいのよ」ぞんざいにアランドラは言ったが、声はやはりかすれてしまって、きりっとした言い方にはならなかった。こんなことではどうしようもない――彼女はあせった。マットの仕掛けたわなに自分からかかるようなものだ。アランドラは無理に声を張って続けた。「あなたが入っていらっしゃるなんて思ってもいなかったんです。わたしはだれにも……」

「泣いているところを見せようなどという気はなかった。もちろんのこと、わたしにも」マットは穏やかな口調でそうさえぎった。「そうだね？」

これ以上、話を続けていたら本当にどういうことになるかわからない。すぐ部屋へ戻ったほうがいい――アランドラはそう思った。

だが、行ってしまいたくはないという気持のほうが強い。敵意をむき出しにしていないマットと話をするのははじめてのことなのだ。あとちょっとでいいからマットとこうしていたい……。

「紅茶がさめる」と彼は言った。マットのカップはもう空になっている。

カップに口をつけながら、やはり部屋へ引き揚げなくては、とアランドラは思っていた。もうひと口飲んだら、〝おやすみなさい〟を言って席を立とう……。

「もうそろそろ話してくれるだろうね、アランドラ、その美しいグリーンの目がどうして涙でぐっしょりだったか」

いたわりに満ちた言い方をされて、すぐにでも立とうとしていたアランドラの決心はなえてしまった。だが同時に、心の中を探られないようにしなくてはという思いで神経が張り詰める。

「わたしの目を美しいと思ってくださってるの？」アランドラはそうはぐらかした。

「話をそらそうとしてるね、きみは？」彼はたちどころにアランドラのごまかしを見破った。

「すごい眼力ですこと」アランドラは再挑戦を試みた。

だがマットのほうがうわてだった。「きみの様子を見れば眼力がなくたって悲しい思いをしていることぐらいわかるさ。どんな思いにつかまっていたんだね、さっきは？」

あなたを愛していることがわかったの——まさかそうは言えない。あなたとコリーン・ハミルトンが抱き合っている姿を思い浮かべて嫉妬にさいなまれていたなどとは口にすることはできない。

「さっきは……あのとき思っていたのは……」さっきの悲しみの揺り返しのような感情がこみ上げてアランドラは言いよどんだ。

「思っていたのは？」とても静かな口調でマットがうながす。心からアランドラのことを思いやってくれてでもいるように。

「……母のこと」ぽつんとアランドラは言った。それから急いでつけ加える。「母はつい最近、亡くなったんです」

「つい最近？」

とがめるようなきき方、と思ったのは錯覚だったろうか？　わたしがうそをついていると思っているのだろうか？　こういうことでうそがつける女だとわたしのことを思っているのだろうか？　すぐその思いに取りつかれてアランドラは顔をこわばらせた。

「ちょうど二カ月になります」

ちょっとのあいだ沈黙が続く。「お母さんを亡くして気が動転していたわけか……。だいじなお母さんだったんだろうね」

改めてこんなことをきくなんて、わたしのことをよっぽどひどい女と思っているんだわ

――マットの口調にいたわりがこもっているのにアランドラは気づかない。

「あなたにはお母さまはだいじじゃないんですか？」アランドラはけんか腰の口調で突っかかった。

マットは取り合わずに、思案をめぐらすようにゆっくりと言った。「きみはお母さんが亡くなってから一カ月してこの屋敷に来た――理由は、つまり……ひとりぼっちになってしまったからだ。そうとしか考えられない。だから身寄りを頼りたいという気になった。そうだろう？」

これが恋ということだろうか？　それまではしょげかえっていたのに、ちょっとでもプラスに評価してもらっただけで有頂天になってしまう！　アランドラはちらっと彼に目を配った。だが、真剣な表情を浮かべてまじまじと見つめている彼にどうしてうそがつけるだろう。身寄りを頼りたいという気になったからということを否定したら、欲深な動機でやってきたと思いこんでいるマットの推量を裏書きしてしまうことになるのはわかっていたけれど。

「いいえ、身寄りを頼ってきたわけではありません」きっぱりとアランドラはそう言った。

これで答えはすませた。泣いていた理由もわかってもらえたろうし、わたしがこの屋敷へやってきた理由もいままでどおりの推測を修正しないですんだわけだから。マットにはもうなんの疑問もないはずだ。だがそう思っただけでわびしさはいっそう強まる。

いっときもぐずぐずしていられない――アランドラは椅子から腰を浮かした。だが今度もマットの声にアランドラは立ち上がるチャンスを失ってしまった。

「アランが話してくれたんだけど、きみのお母さんは若いころは体が弱かったそうだね。ずっとそうだったの？」

「丈夫ではありませんでしたわ」何をききたいのだろうかと思いながらアランドラはそう答えた。

「気をつけなくてはいけないときもあったわけだな……ほかのときよりもずっと」

「だからって母を責められるでしょうか？　そうおっしゃりたいならですけど」アランドラは、きっとなった。「たしかにわたしを産むのは冒険だったかもしれませんけど、でも母はどうしても……」

「そのことを言ってるんじゃないんだよ」マットが穏やかな口調でさえぎった。「生活は苦しかった、って言ったね？　ということは当然、看護の人に払うお金にも事欠いたということだろう。きみのお母さんの看病が必要なときはいったいだれが世話をしたんだい？」

「父です」なんのためらいもなくアランドラは答えた。「だから生活が苦しかったんです。父は母の幸福を優先させて、昇進などということには見向きもしなかったんです」

「たびたび仕事を休んだということだね？」

「ずいぶん転職もしました。休んでばかりいる雇い人にいい顔をする雇い主はいませんでしたから」

「お父さんは六年前に亡くなったんだね？」アランドラはだまってうなずいた。「亡くなってからのお母さんの面倒はだれが見たの？　きみはまだ十四歳だったはずだね？」

「なんとか切り抜けました」とアランドラは言った。学校を休む日もあったと当然マットは思っただろう。

「きみの雇い主もずいぶん替わったの？」

ヘクター・ノーランの顔を思い浮かべてアランドラはほほ笑んだ。「父より幸運だったんです。理解のある雇い主に恵まれましたから」

「辞めるときもちゃんとわかってもらえた？」

「でも、どうしても……」

「よっぽどのことがあったんだろうね」優しく言われてアランドラはなおさら口ごもった。

「母が……母にあまり時間が……残されていないことがわかって……できるだけ一緒に過ごしたくて……」さまざまなことが昨日のことのようにありありと思い出されてきた。

「かわいそうな、かわいそうなお母さん、病院にもずっといさせてあげられないで、わたしが見てあげるだけで……」

両手を大きな手に包みこまれる。ローズエーカー屋敷のキッチンにいたのだとはっと気づく。うるおいをおびた目がアランドラを見守っている。その目を彼女はじっと見上げた。

「つらかっただろうな」そっと彼が言った。

アランドラはごくりと唾《つば》をのみこんだ。泣くまいと思って声を詰まらせた。「めそめそするのをやめさせてわたしをベッドに送りこもうというつもりだったんでしょうけど、うまくいかなかったようね」

マットがちらっとほほ笑んだ。だがほほ笑んだと思ったのはアランドラの錯覚だったろうか？　アランドラの胸がはずみかけたときにはもう彼の眉はひそめられていたのだから。

「きみが……愛していると思いこんでいるその男と会う時間がよくあったな。看病で大変だったはずだけど」

アランドラはマットに目を見られないように顔をそむけた。「時間なら……なんとか都合をつけたわ」

「同棲《どうせい》していたの？」

「まさか！」どう答えたらいいか考えてみるべきだったろうに、アランドラは即座にそう言い放っていた。

「ずいぶんきっぱりした返事だ。だけど、はっきりした恋人同士だったんだろう？」

そうよ、と言おうと思った。マットがどうしてこんなことをきかなくてはいけないのか、見当がつかない。ただの好奇心だろうか？　そうに違いない。ほかにどんな理由があるというのだろう……。

「はっきり言って……」と言いかけたとたんに彼の手がのびてきてアランドラのあごをとらえ、強制的に顔を向けさせた。そうよ、という言葉がどうしても口から出てこない。

「はっきり言って……」とアランドラはまた言って、ごくりと唾をのみこんだ。マットの目にまじまじと見つめられていてどうしてうそが言えるだろう。「そうじゃなかったわ」

「だけど」彼の顔つきがきびしくなり、アランドラのあごをとらえている手に力がこもる。

「恋人同士なら当然のことだろう、アランドラ？」

「あんまり……遠慮がなさすぎるわ」アランドラは身をよじるようにして彼の手を逃れ、さっと立ち上がった。

だがドアへ向かって駆け出そうとしたときにはもう彼の腕の中にすっぽりと包まれていた。そうされたとたんに全身から力が抜けていき、アランドラの頭は自然に彼の肩にあずけられた。

「きみの部屋であんなことがあったんだ。遠慮がなさすぎるとはもう言えないはずだよ」アランドラの耳もとで彼がそうささやいた。

「やめて、マット」とアランドラは言った。「あなたは気づいてるでしょうけど……わたしはあのときは、あなたの仕組んだゲームのルールを知らなかっただけだわ」

行かせてもらえなかったらどんなことになるかわからない。こんなふうにしていてはいけない。アランドラはそう気づいて顔を上げた。この人にはただの座興だし、明日になればけろりと忘れてしまうだろうけれど、わたしには……。

「ほかのルールだってなんにも知らないんだろう、アランドラ？」優しく言って彼はアランドラの額にそっとキスを置いた。「きみに火をつけるのも大変だったけれど、燃え上がってもきみはそのあとどうしたらいいかさっぱりわからなかった――そうだったろう？」

あのときはまだこの人を愛しているということがわからなかった。それなのにあんなに火のようになって……。いままた同じことになったらもうこの人を拒む気力など出てくるはずがない。

「お願い、マット」とアランドラは訴えた。「そんなふうに言わないで。わたしは何がなんだかわからなくなってしまっただけだわ。あなたみたいな……なんでも知っている人ははじめてだったから……。これくらいでもういいでしょ？」

アランドラの必死な目を彼はじっとのぞきこんでいた。その目の中に彼は何か抜きさしならないものを見たのだろうか？　思いやりのこもった声でこう言った。

「疲れているようだな。もう眠れるだろうね、このままきみを行かせたら」

ほっと息をつきながらアランドラははにかみを含んだ笑みを返した。「ええ」アランドラはそう答えた。

それから彼女は幸福に酔いしれた。マットの顔がおりてきて唇がおおわれる。とても優しいキスだった。荒々しさのまったくないキスがいつまでもいつまでも続く。アランドラの胸はやがて激しく高鳴りだし、それ以上のことをマットが求めるに違いないと思い始めた。しかし不思議とおびえは感じなかった。

だがマットは何も求めなかった。彼は顔を上げるとちょっぴりわびしそうな微笑を浮かべて、抱擁を解き、アランドラを押しのけるようにした。

「ベッドへ入りなさい、アランドラ」そう言われてアランドラは彼の顔を見上げた。「さあ、早く。きみを行かせられるうちに」

9

翌朝は六時半に目が覚めた。昨夜の出来事が次々と心によみがえる。はじめのうちはまだ幸せなキスの思い出に酔っていたけれど、その酔いをさますような会話の端々や彼の顔がちらちらしはじめた。アランドラは早々とベッドを出た。

手早く入浴と身支度をすませて玄関へおりていった。

とりとめのない思いにすっかり心を奪われていたせいで、向こうからやってくる人影も目に入らない。

「どこに目がついてる?」祖父の声にはっとして、アランドラは立ち止まった。

「あら……おはようございます、おじいさま」アランドラはあわてて朝の挨拶《あいさつ》をした。

「今朝はばら園へは?」

「パイプを取りにきたところだよ」と言って祖父は書斎へ向かった。ドアの取っ手に手をかけた祖父に向かってアランドラは、さっき思いたったばかりのことを口にした。

「今日、ロンドンへ行ってこようと思うのですけど」

「ずいぶん急に決めたんだな」祖父はまじまじとアランドラを見つめて言った。

「女ってこんなものよ。ごぞんじなんでしょ、おじいさま?」アランドラはさらりと応じた。

「詳しく聞かせてもらおうか?」そう言って祖父はさっさと書斎へ入っていく。アランドラは素直に従うほかはなかった。

わたしがこの屋敷からちょっとのあいだでもいいから離れていたいという気持は、祖父にはわからないだろう、と感じてアランドラはちょっぴりさびしくなった。不自然ではない口実は何かないだろうか?

「ビドゥイックのお店はすてきなんですけど」彼女は言った。「ロンドンのお店のほうがなんとなく慣れていて……。どこに行けばほしいものが手に入るかわかりますし……」

「そうか、買い物に行くのか」祖父はライティング・デスクに近寄って、引き出しを開けた。

金庫を取り出したが、アランドラは次の言いわけを考えていて、注意を払っていなかった。

「でも、それだけではないの」思いつきを言う。「お友だちのみんなにも何も言ってきていないので、わたしがどこへ行ったか、みんなに……」祖父に五ポンド紙幣の札束を押しこむように渡されてアランドラは思わず大きな声をあげた。「なんです、これはいったい？」

「買い物なら小銭がいるだろう」

「小銭ですって！」札束は分厚い。アランドラはすぐに祖父に押し返す。「とんでもありませんおじいさま」だが祖父は受け取ろうとしない。いったんやると決めたものを返してもらうわけにはいかない、というきっぱりした態度だった。

「首飾りも、車もほしがらなかった」祖父の眉間《みけん》にはしわが寄せられているが、それはいら立ちではなくてさびしさを表しているようにアランドラには思えた。「わたしにはプライドを持つことも許されないのかね、アランドラ？」

「でも、おじいさま、わたしは……」

「わたしからは何も受け取れないということか？」祖父は悲しそうに首を振った。

「あら、おじいさま……」アランドラは言葉を続けることができない。

「この屋敷にいることにうんざりしているわけじゃないだろうね？」手にしているお金からアランドラの気をそらさせようとしたのか、祖父はそう言って金庫をしまいにいった。

「い続けましたわ、とにかく。そうでしょ？」とアランドラは答えた。祖父が振り向き、めったに見せない微笑を浮かべて言った。

「うれしいよ、そうしてもらえて。おまえがいてくれて、じつに楽しいからね、アランドラ」飾らずにそう言われてアランドラの目の奥がじいんと熱くなった。祖父は軽くせき払いをして静かな口調で続けた。「おまえのおかげで生きる張りが戻ってきたようだ」

アランドラはまばたきをしながらにっこりと笑い返した。

「さあ、ミセス・ピンダーがわたしたちを探しているといけない」祖父はアランドラのためにドアを開けたが、すぐ「そうだ、パイプだった」と言って取りに戻った。

アランドラは笑顔のまま廊下へ出た。だが出たところで、はっと足が止まった。マットが階段をおりてこちらへ向かってくるところだった。マットの姿を目にしただけでアランドラの頬はピンク色に染まった。だが彼の視線がその顔から手へ移されるのを目にすると、アランドラの頬はかっと燃え上がった。祖父から強引に渡されたお金をまだ手に持っていたのだ！

もちろん朝の挨拶をする余裕などない。祖父が書斎を出てきたのでアランドラはお金をスラックスのポケットに入れ、ひと言も言わずに朝食の間《ブレックファストルーム》へ向かった。

アランドラがロンドンへ行くことをマットに話したのは祖父だった。マットはコーヒーをひと口飲んでから、祖父が見守っているのもかまわずに問い詰めるように言った。「何をしに行くんだね、アランドラ？」

「理由がなくてはいけません？」アランドラは言い返した。まだマットに盾つくことができると思うとなんとなく気持がすっきりした。

「いつ帰るんだね？」

「すぐ帰ってきますわ。わたしがいなくてはさみしくてたまらないでしょうから、マット、ディアー」皮肉をこめて言ったつもりだったが、言ったアランドラのほうがかえって傷ついてしまう。

「駅まで送るよ」

「わざわざ遠まわりしていただかなくて結構です。ロビーに起きてもらって送って……」

マットがすごい目つきでにらみつける。「八時二十分前に出るからな」

アランドラは無視して、「コーヒーを注《つ》ぎます、おじいさま？」ときいた。

八時二十分前きっかりにアランドラは表に出た。マットはとても冷ややかな顔つきになっている。

彼女を車に乗せてもしばらく黙りこんでいたが、彼はだしぬけに言った。「あの取り決めは、きみが三カ月間、一夜も欠かさずにローズエーカー屋敷で過ごす限り有効、ということだからな。忘れないでほしい」

「あら、たったのいままで知らなかったわ」

「今夜、帰ってくるんだ。さもないと取り決めはご破算だ」

「シンデレラも十二時までは無事だったわね」アランドラはすぐさま言い返した。

マットはまた黙りこくったが、やがてがらりと口調を変えて言いだした。

「たった一度キスしただけできみをベッドに戻らせたのが間違いだったかもしれないな。

つけた火をちゃんと消しておけば、ほかの男のキスを求めてこうして出かけていく気にもならなかったろうからね」

アランドラは膝のハンドバッグをぎゅっと握り締めた。マットはわたしが恋人に会いにロンドンにいくと思っているのだ……。

「おしいことをしたわね、マット」冷たくアランドラは言った。彼の口もとがぎゅっと引き締められるのを横目に、こう言い添える。「でも、気を悪くなさるかもしれませんけど、いくらキスを繰り返しても特別な人のキスには比べられないということはごぞんじないのね」

車が駅に着くとマットはアランドラのことなどかまわずにさっさと建物の中に入っていった。アランドラは出札口へ急いだが、切符を自分で買うにおよばなかった。いまは出札係でもあるあの駅長に向かってマットはこう言っていた。

「一等で日帰りのロンドンまでの往復」

マットのことを夢中で愛しているはずなのにスチールのトー・キャップのついた靴で彼を蹴《け》ってやりたい、と思うのはどうしたわけだろうか？

「六時十分のロンドン発がある。それに乗ることだ」彼はぞんざいな口調で言った。

アランドラは甘ったるい声で「乗りそこねるといけませんから迎えには来ないでくださいね。待ちぼうけをさせては申しわけありませんから」と言ったが、言い終えたときには、彼はもう車に戻っていた。

　フラットに風を入れるために窓を開けていると、ヘクター・ノーランがドアベルを鳴らした。

「きみかねずみか、どちらかと思ってね」と彼は言った。「お願いだからもうここを動かないつもりだって言ってくれないかな。職安へ駆け出していくところなんだ！」

「そんなに困ってるの？」相変わらずの陽気なヘクターだけれど、困りきっていることもはっきり顔に出ている。

「なにしろ例の女の子が一カ月の試用期間も守らずに退職してしまったんだよ。言いぐさがいいじゃないか、〝わたしと一緒にいるのが耐えられない〟と言うんだから。戻ってきてくれないか、アランドラ。給料もきみの要求どおりにするよ」

　アランドラの口から「そこまで言われたら断れないわ」という言葉が出て、ヘクターの顔がぱっと輝いた。恩人のヘクターにそういう顔をされてどうしていったん口から出した言葉を取り消すことができたろうか？

　もちろん、もののはずみのようなことでこんな重大な決心ができるわけはない。だが、また前の仕事に戻ることを、はっきり決心してロンドンへやってきたわけでもない。

　自分でも不思議だったが、帰りの汽車に乗りこんだときには少なくともひとつのことだけは確信ができていた。もう絶対に迷わない、ということを……。

だが汽車がダッフィールドに近づくにつれて、二度とマットに会えなくなるということがどういうことなのか、しだいに切実に実感し始めた。汽車を降りてマットの姿を目にしたとたん、アランドラの胸はきりきりと痛んだ。

彼は〝楽しい一日だったか？〟ともきかない。むっつりと迎えて、むっつりと車のドアを開ける。

車を出してすぐ彼はきつい口調できいた。「彼に会ってきたのかね？」

「わざわざロンドンまで行って、会ってこないわけないでしょ？」だれの話をしているかわからないのに、アランドラはそう言った。

アクセルがぐいと踏まれ、車は猛烈なスピードで勾配《こうばい》を上り始めた。ロンドンで恋人に会ってきたと思いこんでむしゃくしゃしているようだ。だがやがて、そんなことを考えてなんてこっけいだったろう、と思い知ることになった。

屋敷に着くとマットはアランドラをほうり出すようにして、車の向きを変え、いま来た道を猛スピードで戻っていった。

デートの時間に間に合うよう急いでいたからかと改めて思い直しながら、アランドラもディナーの時間に遅れないように急いだ。アランドラのほうはそう急ぐことはなかった。客間におりてきていたのはジョーひとりきりだった。

「わたしもロンドンへ行きたかったわ、あなたが行くことがわかっていたら」とジョーは恨めしそうに言った。祖父は一日じゅう不機嫌だったし、ロビーもアランドラに夜まで会えないと知ってからろくに口もきかなかったということだ。「マットはいやな顔をしてなかった?」とジョーはきいた。

「そうね、それに、とても……急いでいたようだったわ」アランドラは口ごもりながら答えた。ローズエーカー屋敷の男性はみんな同じような気分になるものかしら――アランドラは思った。

「虫のいどころが悪かったのかもしれないわ。どうせコリーン・ハミルトンにご機嫌をとってもらえるんでしょうけど」ジョーはゆううつそうに言った。やっぱりマットはデートらしい。ここを出ることにしてやはり正解だったようだ。「〝わたしとは比べられないくらいいい一日をロンドンで過ごしたんだわ〟ってあなたのことを言っただけなのに、まるで殴りつけでもするような剣幕だったわ」

マットはいままで一度だってジョーにそんな荒っぽい態度をとったことはなかっただろうに――アランドラはそう思った。ジョーも、彼がコリーン・ハミルトンとのデートに出かけたことよりも、そのことで気持がふさいでいるらしい。

「やっぱりマット、休暇をとらなくてはいけないんだわ」ジョーは考えた末に言った。

「猛烈に働いているのに、年に一、二週間、休暇をとるだけで、ほかに休みをとったことなんてないの……。そうだわ、ずいぶん前に一度だけあるわ、おじいさまが病気になったときに……」

「おじいさまが病気に?」とアランドラはおうむ返しにきいた。病気とは縁がなさそうな人なのに、やはり持病でもかかえているのだろうか……。

「でも重病というわけじゃなかったの」とジョーがアランドラの顔つきを敏感に察して言った。「それに何年も前のことだわ。わたしは十四歳だったかしら。でも、マットにそのとき言われたことをよく覚えてるわ。悪い知らせがあって倒れたんだから特別に気を配って優しくしてあげなさい、って」

父が亡くなり、そのことを母が祖父に知らせたときだったのか……?　悪い知らせというのは父の死のことだったのだろうか?　そうだとしたら――父の死を知って祖父が倒れたとしたら――祖父は本当に父のことを愛していたのだ……。

「倒れたって……おじいさまの病気はなんだったの?」胸がいっぱいになって目の奥がじいんと熱くなってくる。

「はっきりしたことは知らないの。たしか、心臓の発作って聞いたように思うわ。とにかく、マットはその日は会社には行かなかったわ」

祖父とロビーがやってきて、その話はそれっきりになった。

マットにはその夜も翌日の日曜日の朝も会わなかった。彼は日曜のディナーにも姿を見せなかった。

嫉妬《しっと》にさいなまれながらのディナーだった。祖父はいつものように食事が終わると書斎へパイプをすいに入っていった。アランドラは少したってから書斎のドアをノックした。

「お入り」という声にドアを開ける。アランドラは満足げにパイプをくゆらしながら、戸口に立ちつくしたままでいるアランドラを見た。「嚙《か》みついたりはしないよ」

「大丈夫、狂犬病の予防注射はすませてあるわ」とやり返してアランドラは書斎へ入った。

真向かいの安楽椅子に腰をおろしたアランドラは数分後、祖父がみるみる不機嫌な顔になっていくのを見なくてはならなかった。

「出ていくんだって！　それも、明日！」祖父はまじまじとアランドラの顔を見つめながら言った。「どうしてだね、また？」

「ロンドンへ行って気持がぐらついたんだな。それまではここでの生活に満足しきっていたじゃないか」

「もともと、ひと晩以上、滞在するつもりはなかったんです、わたしには」

「それは……」たしかにそういうときもあった、とは思う。だが、いまは違う。「仕事をしたいんです、おじいさま」アランドラは逆らうのをやめて、できるだけ穏やかな口調になるよう心がけた。「もう充分、休ませていただいたわ。本当に骨休めができました」アランドラはにっこりと笑った。「でも、自活したいの、働きたいんです」

「そういうことならわからないわけじゃない」祖父はうなずきながら言った。「マットに頼めばすぐにでも工場の秘書の仕事をあてがってくれるはずだよ」

「だめよ！」思わず叫んでしまったアランドラを見つめる祖父の目が鋭くなる。あわてて視線をそらした。「できないわ、そんな……」マットの会社で働くことなど、思うだけで胸がどきどきする。だが、それは、いやでしかたないからなのか、それともそうしたい気持からか、自分でもはっきりしない。祖父には彼女のこんな気持がわかってしまっただろうか……？

祖父はアランドラをじっと見守っていたが、静かな口調で話し始めた。「マットのことは満更でもないと思っているような気がしたけれどね」

「どこに目がついてるのかしら？」と言ってアランドラは無理に笑顔を作った。

祖父が眉根を寄せてアランドラの顔をうかがう。やがて祖父の眉間がゆっくりと開き始めた。

「マットじゃないとすると……ロバートか？　ロバートがおまえに夢中になっていることはもちろん知ってるね？」

アランドラはうなずき、ほっと息をついた。「ロバートだって、すぐなんとも思わなくなるんじゃないかしら」

「つまり、おまえがいなければ——ということだろう？　それで工場で働くのはいやだと言うんだね？　工場へ通うようになればロバートは当然、毎日の行き帰りを一緒にしたがるだろうからね」

単純にうなずけばこれ以上、追求されずにすむとは思う。だがそんなことをしたら祖父が気を悪くするのは目に見えている。めったに愛情を見せない祖父だけれど、ロビーを愛していることは疑いようがないのだから。

「なにも遠い国へ行くわけじゃないわ」きかれたことに返事をしないことに決めてアランドラはそう言った。祖父ははぐらかされたと思ったろうか？　顔つきからはまったくわからなかった。

「連絡はくれるだろうね？　わたしたちから行方をくらましたい、ということじゃないだろうね？」

祖父の頭には父のことが浮かんだのではないだろうか？　そう思ってアランドラはどきっとした。

「いったいわたしのことをどんな女だと思っていらっしゃるの？」アランドラは笑いながらきいた。

「かわいい孫娘と思っているに決まってるじゃないか」と祖父は言ったが、胸の内をそんなふうにあからさまに口に出してしまったことが照れくさかったのだろう。すぐに無愛想な顔つきになってこう続けた。「おまえは当然、受け取れないと言うだろうな、ジョセフィンと同じ額の支給金を年に四回ずつ渡すことにすると言ったら？」

「おじいさまのお金だから受け取れないというわけじゃないわ。でも、せっかくですけど……」

「わかったよ。自活したいということだろう？」

ほっと息をついてアランドラはにっこり笑った。そのあとひと言、用意してきたせりふを言うのを忘れなかった。

「わたしが屋敷を出ることは……だれにも言わないでくださいますね、出ていってしまうまで」

祖父は険しいほどの目つきでアランドラを見つめたが、知られたくない相手がマットだとはわからないはずだった。

「安心していなさい、アランドラ」とやがて祖父は言った。「だれにも言いはしないから。おまえがダッフィールドを離れていってしまうまで」

翌朝アランドラは胸をいっぱいにして朝食の間へおりていった。やってきたときには憎しみに燃えていたはずなのに、あと何時間かで屋敷のひとりひとりに心を残して立ち去らなくてはならない――そう思うだけでつらかった。

まだ祖父とマットしか席に着いていなかった。アランドラはチャコールグレーのスーツを着たマットに視線をそそぎながら席に着いた。こんなにあなたのことを愛しているのに――と心の中で叫びながら。

だが、氷のように冷たく険しい視線を向けられて、目をそらさないわけにはいかなかった。それからは二度と彼の方へ目を向けることはなかった。

苦行にも似た時間が続いた。突然、彼が立ち上がった。アランドラは息を殺してうつむいたままでいた。すると彼はアランドラにも祖父にもひと言も言わずにテーブルを離れ、部屋を出ていってしまった。


タイプの手を休めてぼんやりと空《くう》を見つめながら、いつになったらこの胸の苦しみから解放されるのだろうかと思う。この七週間のあいだにアランドラはすっかりやつれてしまっていた。

もちろんフラットに帰ってきたばかりのころに比べれば、ずいぶん気持はしっかりしてきた。最初の三週間は、ローズエーカー屋敷に戻りたい気持がときどき起こり、ダッフィールド行きの汽車に乗ろうと足が向くのを抑えるのが大変だった。

さすがに四週目になるとそういう時間ばかりでもなくなったけれど、それでも金曜日になると、ついローズエーカーへ気持が向いてしまう。マットに会うだけでもいい、という思いを遠ざけるのにどんなに懸命になったことか。

だがその日はとうとう、ローズエーカーに電話をするという誘惑に負けてしまった。連絡は必ずとるという祖父との約束を果たすため、と自分の胸には言い聞かせたが、やはり気弱になってしまったということではなかったろうか？

もちろんマットが会社にいる時間を選んでかけはした。祖父はアランドラの電話をとても喜んでいる様子だった。少なくとも不機嫌さの少しも感じられない声で、元気にやっているかどうかをきき、アランドラがいないのをみんながさびしがっている、と言った。

「マットも？」ときかないわけにはいかなかった。

「なんだかとても調子が狂っているようだよ」と祖父は言った。そう聞いたとたんに、わたしがいないため、マットは意気消沈しているのかと思ってもみたが、そんなばかなことがあるわけはなかった。続けて祖父が言ったことでアランドラの頭はたたきのめされた。

「ジョセフィンが言うんだけど、マットは恋をしているらしいんだ。コリーン・ハミルトンが彼の鼻面を引きまわしているということらしい」

「で……ジョーはどう？」やっとのことで気を取り直してアランドラはそうきいた。

「彼女はマットと同じように、家の外でディナーをするほうがいいらしいんだ」機嫌のいい声で祖父はそんなことを言った。

「ジョナサン・ネズビーとね？」

最近はジョナサン・ネズビーの車がよく屋敷にやってくる、と言ってから、祖父は「やれやれだよ、マットにのぼせ上がっていたのが、やっと卒業できたようだ」と言った。それからすぐ祖父は無造作にこう続けた。「来月のわたしの誕生日には、家に帰ってきてくれるんだろうね？　わたしもとうとう七十歳だ」

当然のように口にされた〝家〟という言葉を耳にしてアランドラの目はたちまちうるんだ。「パーティーをなさるんでしょう？」そう言ってアランドラの胸は激しく打ち始めていた。なんてすてきな七十歳の誕生日かしら！　これで大威張りでローズエーカー屋敷に行ける！

だがそのパーティーに出席する人たちの顔ぶれを頭の中で思い描きはじめたとたんに、アランドラはしゅんとなってしまった。ジョーとジョナサン・ネズビー、マットと……。

「パーティーだって？　いったいだれがやってきてくれるって言うんだね？」祖父の声にアランドラは気持を奮い起こした。

「あら、ずいぶん偏屈だわ」と言いながらアランドラは、やはり行かないほうがいい、と思った。「お誕生日はあいにく都合が悪いの。どうしても抜けられない約束があって……もちろん、とっても行きたいんですけど……なんとか都合はつけてみますけど……」

お誕生日には必ず電話を入れることを約束して受話器を戻した。だが、パーティーがないならマットがディナーのお祝いを準備しているに違いない。そのディナーにはコリーン・ハミルトンも招待されているだろう。

ヘクターがオフィスに入ってきたので、アランドラははっとして、あわててタイプの続きを打ち始めた。

木曜の祖父の誕生日のために、月曜日にプレゼントのカーディガンを荷造りした。あの古いカーディガンが手放せないという場合も予想して、祖父がにやりとするところを思い描きながら、つくろい用の毛糸も一緒に入れることにした。

火曜に小包の郵送を頼みに行ったときには、直接ローズエーカーに出かけていきたいという気持と懸命に闘わなくてはならなかった。水曜日にバースデー・カードを出しにポストの前に立ったときもやはり、屋敷まで行ってじかに手渡したいという思いがこみ上げた。だが、コリーン・ハミルトンがダイニング・テーブルでマットの脇の席を占めている姿を無理に頭の中に描いてカードをポストに入れ、足早にポストを離れた。

木曜日はいつもだとそれほどでもないのに、朝から戦場のような忙しさだった。手が三本あっても足りないような奮闘が午後も続き、四時前にやっと全部が片づいた。

マットが帰らないうちに、と思って電話に手をのばしたが、ヘクターが、電話待ちだと言い、チーズロールをマリオから買ってきてくれないだろうか、と頼んだ。

「自分で行けばいいんだけど、オフィスを出たとたんに電話が鳴るような気がしてしかたがないんだよ。だけど、おなかはぺこぺこだし……」

「ふとりますよ」アランドラは言ったが、足はもうドアへ向いていた。

オフィスへ戻ってもヘクターがまだ電話待ちだったら時間は遅くなるばかりだろう。そう思って、サンドイッチ・バーのマリオへ行く道にある電話ボックスに入った。

〝ハッピー・バースデー・トゥー・ユー〟と胸の中で歌いながら番号を押した。呼び出し音が鳴るか鳴らないかのうちに、祖父ではない声が耳に飛びこんできた。マットの声だ……。

思わず受話器を戻して外に出た。気がついてみるとボックスの外に立っていた。通りがかりの人のいぶかしそうな目つきにやっと我にかえって、アランドラはマリオへ向かった。チーズロールの入った紙袋を受け取るあいだも、頭はひとつのことでいっぱいだった——こんな時間にどうしてマットは屋敷にいるのだろうかという疑問で。

おじいさまのお誕生日だから早く帰ってきたのだろうか？　だが、パーティーはまだのはずだし、ディナー・パーティーがあるとしても、ミセス・ピンダーにまかせられるはずだ。マットが出る幕はないはずだ……。

電話ボックスのそばまで来たとき、ふっとジョーの言っていたことを思い出した。休みをとったことのないマットだけれど一度だけ例外があった、という話を。そう、おじいさまが病気になったときに。心臓の発作で倒れたときに！

アランドラは電話ボックスに駆けこみ、何分か前にダイヤルしたその同じ番号をまわした。とても急いで。

今度は呼び出し音が何度鳴ってもだれも出ない。手が離せない事態になっているかのように。切ろうかと思ったとたんに受話器が取り上げられる音がした。だが電話はつながったのに、声はない。こちらが先に話すのを待っている。応答はない。神経が高ぶり、胸がどきどき鳴り始める。

「もしもし」口ごもりながらアランドラは言った。

やがてマットの声が伝わってきた。押し殺したような奇妙な声。張り詰めている、とわかる声が……。

「今度は切らないでくれないかな、アランドラ？」

「おじいさまは……」不安で彼女の声は詰まりがちだ。

「きみはここへ来なくては」マットは言った。

危篤ということだろうか？　アランドラはごくりと唾《つば》をのみこんだ。「おじいさまは、そんなに……？」

「きみのフラットがどこなのか教えてくれないか、アランドラ。わたしが迎えに行って……」

受話器からは彼の声が続いたが、アランドラはもう聞いていなかった。受話器を戻して呆然《ぼうぜん》としてボックスを出た。〝わたしが迎えに行って……〟という声が耳の奥で響き続ける。やはり危篤なのかもしれない。マットは祖父のことを愛している。ちょっとでも祖父の傍らを離れたくはないはずだ。そのマットが迎えにくるというのだから。

〝きみはここへ来なくては〟マットははっきりそう言った。危篤でなくてどうしてそんなことを言うだろう？　わたしを呼んでくれるようにおじいさまがマットに頼んだのかもしれない。だとすると、まだ意識はあるということだろうか……？

「たったいま電話がすんだところ……」アランドラがオフィスに入るとヘクターはさっそくそう言いだした。だが、顔が真っ青なのに気づいてすぐアランドラに駆け寄った。「どうしたんだね、何があったんだね？」

急に脚がなえてしまって立っていられない。近くの椅子に腰をおろしてからアランドラは祖父の屋敷に電話を入れたこと、祖父が倒れて危篤らしいということをとぎれとぎれ話した。

「行かなくてはいけないわ」アランドラはじっと座っていられなくて、椅子から立った。「駅に電話をして汽車の――」

「こんな状態で汽車は無理だ。わたしが送っていくよ」ヘクターは親切にそう言ってくれた。

あまりに取り乱していたので頭が働かなくなっているアランドラにヘクターは、悪く考えるときりがないよ、と忠告し、それでも何日かは泊まることになるかもしれないからと言って、スーツケースを用意していくようながした。

彼がビアンカに、ちょっと遅くなると電話で話しているのを耳にしながら、アランドラはやっと、とんでもない迷惑をかけてしまっていることに気づいた。

「ほんとにかまわないんですか？　ビアンカにも悪いわ」とアランドラは言った。ヘクターはいまは雇い主ではなくて友人だった。彼は「いまはそんなふうに気をつかっているときじゃないだろう？」と一喝して、アランドラをドアへ急がせた。「とにかく早く支度をしてきなさい。間違いなくきみを身内のみんなのところへ送り届けてあげるから。いままで黙っていたけれど、ちゃんと知ってるんだ。みんなのことがきみの心を離れたことがないことを。そうなんだろう？」

一時しのぎを言う気持はアランドラにはもうすっかりなくなっていた。彼女はヘクターを見上げて言った。

「ええ、離れたことがないわ」

10

車はローズエーカー屋敷に着いた。屋敷へ入ったらどんな事態にあうことかと、アランドラは恐れた。ヘクターには、ちょっと休んでいかないかときいたが、屋敷の豪華さに、彼はすっかり圧倒されているようだった。

「遠慮するよ、場合が場合だからね」そう言ってアランドラにスーツケースを手渡した。「それにビアンカも待っていることだし。家へなりとオフィスへなりと電話してくれれば、いつでも力になるからね」

アランドラは心からお礼を言った。

「だいじなのは気持を強く持つことだよ、アランドラ」そう言い置いてヘクターは車を出した。

だがドアベルを鳴らして待っているとアランドラの不安は大きくなっていった。祖父の容体が想像しているとおりだったら、その場にくずおれて泣き叫んでしまうかもしれない。そうならないために気持をしっかりと持っていなくては……。

足音がやってきて、ドアの向こう側に止まる。アランドラはしゃきっと背筋を伸ばし、ごくりと唾《つば》をのみこんだ。

どういうわけかわからないけれど、アランドラは、ドアを開きにきたのは当然マットかロビーかジョーだと思っていた。だが、開けてくれたのはミセス・ピンダーだった。マットもロビーもジョーも祖父の枕もとに集まっているのかしら――そう思いながらアランドラは玄関へ入った。

ミセス・ピンダーはアランドラが来るなどとは思ってもいなかったらしい。はじめは驚いた様子だったが、すぐにうれしそうな顔になった。いくらわたしに好意を持ってくれているからといっても、場合が場合ではないだろうか？　家族の一員ではないにしても長年のあいだ、仕えている人が……。

「おじいさまは？」できるだけ気持を抑えてきいたものの、そのあとに言葉が続かない。

その顔をまじまじと見つめていたが、ミセス・ピンダーは笑顔のままで答えた。

「お喜びになりますわ、ミスター・トッドは」ミセス・ピンダーは笑顔のままで答えた。「すぐ二階のお部屋へ行くわ」だが何歩も行かないうちにミセス・ピンダーの声が追いかけてきて、アランドラはぎくりとして足を止め振り返った。「なんておっしゃったの？」

「ミスター・トッドは二階のお部屋にはいらっしゃいません」ミセス・ピンダーは繰り返してそう言った。アランドラはぞっとした。来るのが遅すぎたのか？　間に合わなかったのか……？　だがすぐミセス・ピンダーが続ける。「書斎にいらっしゃいます」

アランドラはくるりと体をまわし、スーツケースをその場にほうり出すようにして祖父の書斎へ駆け出した。倒れたところから動かせないほどの重態なのだ、ということしか頭になくて……。

ノックもせずに部屋へ飛びこんだ。部屋には何も変わったところがない。覚えているとおりのソファ、淡いグレーのカーペット。いごこちのいい書斎には応急にこしらえられたはずのベッドはない。マットもいない。ジョーもロビーも……。

窓ぎわにすえられたライティング・デスクの方に人気を感じ、アランドラはそちらに視線を向けた。あまりのショックにアランドラはただ呆然《ぼうぜん》としているだけだった。

発作で倒れて危篤状態だったはずの祖父がゆっくりと椅子から立ち上がったのだ。しかも祖父の顔には、いままで見たことのない明けっぱなしな笑みが徐々にひろがっていく。

「アランドラ！」うれしさを隠そうともせずに祖父が言った。「やっぱり、来てくれたんだね！」

「おじい……さま」やっとそれだけ言ってアランドラはデスクに近づいた。

〝きみはここへ来なくては。きみのフラットがどこなのか教えてくれないか？　わたしが迎えに行って……〟というマットの声が耳の奥で何度も何度も響いてくる。

「必ず電話をくれるって言っていたはずだったね」祖父は笑顔のまま歩み寄ってきた。

「忘れてしまったのかと思っていたんだよ」

やっとショックから立ち直ってアランドラは祖父が座るように手で示した安楽椅子に腰をおろした。真向かいの椅子に腰をおろす祖父にじっと目をすえて、電話を入れたのにマットはまだ話してくれていないのだろうか、とちらっと思った。

「よろしいんですか……おかげんは、おじいさま？」どこも悪くなさそうだけれど、アランドラはそうきいてみる。外見は当てにならないことだってある。母がそうだった……。とても悪いのに、具合が悪いとは、まるで思えない様子をしていることがよくあったのだ。

「おまえに会えたんだもの、いいに決まってるだろう」祖父はご機嫌な口調で言う。

やっぱり悪いのだろう。アランドラは思った。「もちろん先生にはちゃんと診ていただいたんですね？」

「つまり医者に、っていうことかね？」笑顔は消え、いつもの気むずかしそうな顔に戻りかかる。「七十歳になったからといって、まだ老いぼれてはいない。わたしはあの日以来、医者になど……」と言いかけて祖父は言い直した。「いや、何年か前にマットにうるさく言われて、健康診断をしてもらっただけだ。その日以来、医者の世話になったことがない」

「ただの健康診断？」アランドラは皮肉っぽく言った。「わたしが入ってきたときにお見せになったあの笑顔のせいで、わたしはてっきり……」祖父がその先を言わせない。

「おまえが来るのを待ちこがれていたからわたしがあんなふうに思わず笑顔になった、と言いたいんだろう?」そう言って祖父はうれしそうにアランドラに笑いかけた。

マットに対して怒りがこみ上げる。どういう目的でわたしをここに来させるように仕向けたのかはわからないが、とにかく彼はこの屋敷にいるのだ。アランドラは笑顔を作って言った。

「でも、すぐ帰らなくてはいけないんですよ。連れてきてもらったお友だちに表で待ってもらってるんです。五分だけ待ってくれるように言ってあるんです」口から出まかせを言う。

「わざわざロンドンからやってきて、たったの五分とはね」祖父の顔つきは、たったいま笑い声をあげたのがうそのような、いつもの気むずかしい顔つきになった。「たった五分間のためにわざわざ長い道のりを、と言うべきだろうかね?」

「孫娘が〝ハッピー・バースデー〟を言うために駆けつけてきたんですよ。憎んでいた祖父に言うために」アランドラはからかいをこめて言った。だがそのあとの言葉は自分でも思いがけなく優しさに満ちていた。「でも、憎んでいないことがだんだんわかってきて……」

気むずかしそうな表情が顔から徐々に消え去り、祖父は静かな口調できく。「つまり……好きになってくれているんだね?」

目の奥がじいんと熱くなる。「しらずしらずのうちに」うなずきながらアランドラは言った。

祖父の目もうるんでいる。

「それなら、どうしてその運転手を帰してしまわない？」と祖父が言いだした。「マットがちょっとしたディナー・パーティーを用意してくれたんだよ。わたしはいやだと言ったんだけどね。彼はいまはどこかへ出かけてるけど、ジョセフィンの相手も来るはずだし、ロバートも最近出会ったかわいい子を連れて……」

「だめなの、おじいさま」アランドラはあわてて立ち上がった。マットはコリーンを迎えに出かけたに違いない。早く出ていかなくては……。連れ立って戻ってくるふたりと顔を合わせるなんてまっぴらだ。こんなふうにだまされて、面と向かってマットをなじりたいけれど、コリーン・ハミルトンを連れてくるマットなど、顔も見たくない。

「本当にすぐ帰らないといけないの。どうしてもはずせない約束があるんです」アランドラがそう言うと祖父の眉間《みけん》にしわが深く刻まれた。「ごめんなさい」とひと言、つけ足してアランドラは祖父の頰にキスをした。

眉間のしわは消え、祖父の口もとにはうっすらとほほ笑みが浮かんだ。しゃがれ声になって祖父は「じゃ、気をつけてな」と言った。

ドアのところで振り返ったアランドラに祖父は今度はいつもの声に戻って「またすぐに

電話をくれるだろうね、アランドラ。そのときに改めてカーディガンのお礼を言うことにするからね」と言ってにっこりと笑った。

そっと閉めたドアに背をあずけてアランドラは目を閉じた。ああは言ったが、どうやってロンドンまで帰ったらいいものか？　しかし考えはなかなか浮かばない。頭の中が混乱してしまっているようだ。〝魔女のほうき〟とちらっと思って自分でもおかしくなる。祖父にいつかそんな冗談を言ったことがあった……。

そんなことより急がなくてはならない。急いでこの屋敷を出ることのほうが、どうやってロンドンへ、と考えることより先決問題だ。

アランドラは目を開けた。その目がたちまち大きく見開かれる。表ドアの前に立っている人物を目にしてアランドラの脚はすくんでしまった。

マットはまだディナーの服装でなかった。紺色のスラックスにセーターのままだ。ぐずぐずしすぎた、という思いに、マットはどうしてひとりなのだろう、という疑問が重なる。マットの顔に目をこらす。とてもやつれて見える。アランドラの胸がどきどきと高鳴った。

左手に人の動きを感じてそちらに目を引かれた。ミセス・ピンダーがちょうど階段のいちばん上から姿を消すところだった。でも、それだけではない。ミセス・ピンダーはアランドラのスーツケースを運んでいったのだ！

怒りがこみ上げ、そのおかげでアランドラは縛りつけられたような状態から解放された。「どうしてミセス・ピンダーはわたしのスーツケースを？」早口で言ってアランドラは階段へ駆け出した。

マットのほうが先だった。彼はあくまでも冷静な様子でアランドラの前に立ちはだかった。

「わたしが言ったんだよ、きみの部屋に持っていくようにと」

「だったら、すぐ言ってください。持ってくるように！　わたし、すぐ発《た》つんです。いますぐ！」マットの脇をかいくぐって二階へ、と思ったけれど、マットはそうはさせないと決めているようなきっぱりした顔つきをしている。

「どうやってここへ来たんだね？」マットはアランドラの高飛車な態度を無視してそうきいた。まるでアランドラの声など耳にも入れていないような言い方で。あなたがその気ならわたしも、と決心してアランドラは返事をしなかった。だが彼はそれさえ無視した。

「汽車では来なかったね？」

「どうしてご存じなの？」アランドラは突っかかるような口調できいた。

「駅まで行ったからさ。ロンドンからの汽車にはきみは乗ってはいなかった」

コリーン・ハミルトンを迎えに行ったのではなかったのだ。アランドラはちょっとたじろいだ。

「待っているあいだ寒かったことでしょうね。肺炎にかからなかったかしら？」やっとそう憎まれ口をきいたが、彼の視線を全身に浴びてアランドラはいっそう落ち着かなくなる。

「やせたようだな。とてもやつれてる」眉をひそめて彼は言った。

「お互いさまのようね」とアランドラは言い返した。

マットの目つきが険しくなる。その目にまじまじと見つめられて、アランドラは気持を引き締めようとした。声をやわらげてゆっくりと彼が言う。

「たぶん同じ理由だろうな、アランドラ」

スーツケースなどどうでもいい。とにかくもう出ていかなくては――アランドラはあせった。嫉妬《しっと》で胸がうずく。マットが食欲をなくしているのは、コリーン・ハミルトンに恋をしているせいだ。〝同じ理由だろうな〟という言葉の意味は、きみも恋をしているのは知っているぞ、ということではないだろうか？　だれに恋をしているか見抜かれないうちに、マットの前を離れなくてはいけない。かなわぬ恋の相手がマットだということを知られてしまわないうちに。

スーツケースを持たずに出ていこう、と決めたそのときにミセス・ピンダーが階段の上に現れ、ゆっくりとおりてきた。マットがミセス・ピンダーのために脇によけた瞬間をアランドラは逃さなかった。

階段を思いきり駆け上がり、二カ月前に使っていた部屋のドアの前にたどりつく。息を切らしながら止まったときには、マットも一緒だった。しかもマットは息ひとつ乱してはいない。

　自分のばかさかげんを胸の中でなじりながら、アランドラは取っ手に手をのばした。だがそれもむだな動作だった。両方の二の腕をつかまれてアランドラはわけなく振り向かされてしまった。マットに触れられたとたんに全身から力が抜けていき、彼の手を振りほどこうとしたのに、なんの手応《ごた》えもない。

「手を放して！」体裁だけは失わないようにアランドラは命令口調で言ったが、いっこうに取り合ってはもらえない。「うそをつかれたうえに、こんなふうにされるのは我慢できないの」アランドラは抑えた声でもう一度、言った。

「いつわたしが、うそをついた？」落ち着き払った声が返ってくる。

「いつ、ですって？」

　あっけに取られてアランドラはマットを見つめた。いままで抑えにおさえていた怒りが一挙に噴き上げた。

「いったいわたしがどうしてここへ来たと思ってるんです？　重大なことだから、できるだけ早く来るように、ってあなたが言ったからじゃありませんか」

　正確にそう言われたわけではないけれど、意味は同じようなものだ。とにかく憤慨していたので、彼がどう言ったのかアランドラには思い出せなかった。

マットはアランドラの目をじっと見つめたままだ。「わたしはうそはついていない」

「ついたわ！　とぼけないで！」アランドラは大声でなじった。だが彼は平然と彼女を見つめている。「たったいまおじいさまに会ったのよ。おじいさまは全然、なんともなかったわ」アランドラはまた手を振りほどこうとしたが、彼の握る力は強まるだけだった。

「あなたはわたしをだましたんだわ！　わたしをおどかしたんだわ」

「きみのほうじゃないかな、わたしをだましてとんでもないことを考えさせたのは」マットの口調はあくまでも冷静だった。「それも一度じゃなくて、念を押すようにして、わたしに間違った思いこみをさせようとしたんだ。お金だけが目当ての現実的な女だというふうにわたしに思いこませようとしたじゃないか」

アランドラは彼の目をじっと見上げた。聞き間違いでなければ、マットはいま、わたしがローズエーカー屋敷へなぜやってきたか、よくわかっていた……。だがいまのアランドラには、誤解が解けたという気持よりも、だまされまいという気持のほうが強かった。

契約した千ポンドをもらわずに出ていったからと、ぴんときた。アランドラはまた彼の手を振りほどこうとして身をもがき、あざけるように言った。「ずいぶんあっさりと考えを変えてしまえるのね、わたしが千ポンドの一部さえ要求しないで出ていっただけのことで」

お金のことを言われて、彼はいら立った——少なくともアランドラにはそう思えた。いや、思っただけではない。彼はアランドラが身をもがくのをやめるまで激しくアランドラの体をゆすぶったのだから。アランドラがじっとして動かなくなると、彼は吐き捨てるように言った。もどかしくてたまらないとでもいうように。

「ああ、なんていうことだ！　きみが出ていく前に見抜いていたっていうのに！」

やっぱりあのお金のことを言っているらしい。しかし彼は真向かいのドアの方へ無理やり連れていく。マットの部屋の方へ。

あっという間にアランドラは彼の部屋に連れこまれていた。マットはアランドラにじっと視線をそそぎながらドアをぴしゃりと閉めた。この人がわたしを追ってきたのは、こうして自分の部屋へわたしを引きこむためではなかったのだろうか？　ここならどんな大声を出しても声はもれないし、だれにも邪魔はされないから。でも、どうしてだろう？　目的はなんだろう？

アランドラはいまはただ、一目散にこの部屋を出なくては、と思う。だがいくらそうしようにも、マットがドアとアランドラのあいだに壁を作るようにして立ちふさがっている。行かせはしない、というきっぱりとした意思を目に浮かべて。

「ここに連れこんだから、どんなにわたしが大声をあげてののしってもかまわない、と思っているのでしょうけど、とんでもないわ。すぐドアを開けて、出してください」

マットは要求を無視してアランドラに近寄った。もちろんドアを背にするようにして。

「たしかにきみにひどいことを言ったことは認める。いちばんひどいのは、アランが危篤だと思わせてきみをおびえさせたことだ。だけど、きみは信じないかもしれないけど、そのことに気づいたのは、きみが電話を切った直後だったんだ。そのときはじめて、アランを愛しているきみなら、わたしの言った言葉からアランが生死のせとぎわにいるのではないかと想像したはずだ、って」

「わかっていたのね、わたしがおじいさまを愛していることは？」

思わず口から出てしまった。たぶんショックのせいだったのだろう。わたしのことをひどい女と思っているマットが、わたしが祖父を愛するようになっていったことを知って、それを口にしたのだから。

「もちろんさ」と彼ははっきり言った。

だまされまい、と思い詰めていた気持がゆらぐ。アランドラは懸命に守りを固めようとした。

「わたしはほんとはそんなことを言うつもりでは……」と言いかけてからアランドラは言い直した。「はじめはおじいさまのことを憎んでいたんです。憎み通そうと決めていたんです」

マットがほほ笑む。まるでそのことを知っているように。理由もまるでわかっていないくせに。「だけど憎み続けられなかった」と彼はうながすように言った。

アランドラは顔をしかめて「あのはじめて来た日に帰るつもりだったのに、帰っていればよかったのに……何もかもが敵にまわったみたいで……」アランドラは肩をすくめて数えあげた。「汽車もない。ジョーとロビーはお高くとまっているし……あのときはそうとしか思えなかった。それに、あなたは……」そこまで言ってまごついてしまった。何を言うつもりだったのか脈絡を見失ってしまったのだ。

「わたしはわたしできみの見せかけをそのままうのみにして、その見せかけの下にどんな思いが秘められているか気にもかけなかった。千ポンドというわたしの申し出をきみはあっさり受けたからね」と彼は言った。

〝きみの見せかけの下にどんな思いが秘められているか〟という言葉をアランドラは聞き流せはしなかった。ではわたしが出ていってしまってから、どんな思いが秘められているか気づいたということだろうか？

薄い氷の上にのせられているような気がする。なんでもいい、とにかく防御の手段を見つけなければ、このままでは気持がゆらぐばかり……。

「マット、ディアー、いまだってそう思ってるんでしょ？」アランドラは見下すような言い方をした。マットの目が細められる。祖父ならわたしの態度を生意気、と言うだろうし、マットだってそう思っているのだろう。「おじいさまと同じような邪推をしないほうがいいわね。わたしは父の血を受け継いでるのよ。父は物欲とは縁のない人だったんですからね」
「欲得ずくのところはお母さんのほうの血、というわけかね？」彼は無表情な顔で言った。
またしてもそんなひどいことを！　こんなことをどうして平然と言えるのだろうか？
〝母がわたしにくれたのは思いやりと優しさだけです〟と大きな声で言いたかった。だが
アランドラはその衝動を抑えこんで、ふたたび見下すような態度に戻って言った。
「それもおじいさまと同じだわ。おじいさまは、父の死を知らせた母に、まるで物ごいで
もされたみたいな返事を書いたんですから。〝今後は便りをくれても切手代がむだになる
だけだ〟と言わんばかりの手紙を」
マットの目がまた細められ、鋭くアランドラを見つめた。
「アランからきみのお母さんへのその手紙を最初に見たのは、いつだね？」
「生きている母の私物をかきまわすようなことはしません、わたしは！」アランドラはそ
う言い返した。
探るようだった彼の顔つきが急に晴れる。口もとにうっすらとほほ笑みさえ浮かべなが
ら、彼は言った。「やっぱりそうだったのか！」
アランドラは肩をすくめた。別にすくめようとしたわけではなかったのに自然に肩が動
いた。マットがもう立ちはだかっている感じではないことにふっと気づいた。もちろんア
ランドラよりもドアには近いところにいるのだけれど。

「やっぱり、ですって?」アランドラは無理にそうきいた。マットがどんな返事をするかということにには神経が向いていなかったのだ。

ほほ笑み続けながら彼は静かな口調で言った。「きみがこの屋敷へやってきたのはアランに憎しみをいだいたからだったんだな。お母さんが亡くなって、そのお母さんを苦しめた手紙を見つけて……」アランドラは目をしばたたかせた。「だから、汽車の時刻表に足を引っぱられさえしなかったら、わたしがお金を払うと言ってきみの中に流れているトッド家のプライドをあおりさえしなかったら、きみはさっさとこのローズエーカー屋敷を出ていくつもりだったわけだな。アランにその手紙を渡せばあとは用がなかったわけだからな」

「来るように母に言われたんです」急いでアランドラは言った。

マットがジグソーパズルの断片を正確に組み立てていくのを耳にしながら、アランドラはまたうろたえだした。マットの注意をそらさなくては……。

「遺言ということなんだろう?」そらすことにならなかったのではないか、と思ってアランドラは息をのんだ。マットはすぐ続けた。「お母さんはきみがひとりぼっちになるということだけが気になっていたんだろう。しかも身内は遠くにいるわけじゃないんだから」

アランドラは何週間もそのことばかり考えていたのだ。母はわたしのことがどんなに気がかりだったろう……。マットにまじまじと見つめられているのはわかっていても、胸がいっぱいになるのをアランドラは抑えようもなかった。

「あなたは忘れてるわ」母への思いを抑えこんでアランドラは言った。「ここにいたあいだにわたしがどんなに……腕を振るったか」マットがいぶかしそうに眉を上げたのでアランドラは念を押すように言った。「あの……首飾りはほんとにすばらしいものだわ」

マットがほほ笑んだ。今度はどんな思いがけないことを言われるのだろうか？　アランドラは彼の口もとにじっと見入った。

「たしかに見事なものだ。保険の査定額は驚くほど上がっている」どういう意味かわからなくて当惑したのは今度はアランドラのほうだった。「先週、アランから査定しなおしてもらってくれと頼まれたんだ。きみにあげたのに突っ返された、と不愉快そうに言っていたよ。ちゃんと知ってるんだ、わたしは、アランドラ」

うろたえながらもアランドラはもうひとつの出来事を記憶の中から引っぱり出した。

「あなたも不愉快そうだったわ、あのときは。わたしがおじいさまの書斎からお札の束を手にして出てきたときは」

見せかけの下にある本当のわたしを探し当てたつもりだったろうが、今度は何も言えまい。

だが彼にこう言われてアランドラは呆然としてしまった。

「きみは忘れてしまっているんだろうかね？　その前の晩、わたしは涙ぐんだきみをこの腕に抱いたんだ。あのときのきみは、素顔のままのきみだった……」

「どうして……そんなことがわかるの？」アランドラは挑戦するように言った。だが言いながらも、あがいているだけ、とわかっていた。

「そのくらいのことがわからなくてどうする、アランドラ？」彼はそっけなく言った。

話がそれてしまっていることにアランドラはやっと気づいた。「でも……あの朝、あなたはとても怒っていたわ、わたしがおじいさまからお金を……巻き上げたことで」

「巻き上げた？」彼の額にしわが寄る。「わたしはアランをよく知ってるんだよ。仮にしなだれかかったとしても、だれも彼からお金を巻き上げられはしない」

あのとき、怒っていたのがお金のことでないとしたら、いったい何が理由だろう？

「自立したいからと言って、アランが支給しようとした手当も断ったそうじゃないか」

ぐうの音も出ないというのはこのことかもしれない。言いくるめようがない以上、引きさがるほかはないだろう。「そう、わかったわ」とあっさりアランドラは言った。見せかけはものの見事にはぎ取られてしまった。あとはいっときも早くここを出なくてはいけない。この胸の中を探られないうちに。「きっとわたしはすばらしい女性なんでしょうね。わたし自身にもわからなかったんですから。あなたもあの夜までは……」胸の中にさざ波が立ってアランドラは何も言えなくなった。「よろしかったら、失礼させていただきます。おやすみなさい……」

彼の傍らを通り過ぎようとすると、腕をとらえられてアランドラは彼の方を振り向かされた。ただ腕を取られているだけなのに、この場にくずおれてしまうかと思えるほどに脚から力が抜けていく。そのことをマットに知られたくはない。

なけなしの力を集めて背筋をしゃんと立て、二の腕をつかんでいる彼の手をじっと見おろした。無理して軽蔑《けいべつ》しきった顔を作って。

マットが笑い声をあげ「ああ、アランドラ、きみって本当に笑わせる」と言った。

「わたしが何かしたかしら？」きっとなってアランドラは彼を見つめた。

「脇道へそれてしまったようだ、わたしたちは。この部屋へ入ってきたときのことを、きみは忘れているよ。それなのに、このまま行ってしまうつもりかい？」

アランドラは弁解の言葉を探した。「あなたが……いけないんだわ。わたしを混乱させて」じっと見つめられているのが気になってアランドラはそれしか言えなかった。

「すまなかった」彼の声はとても穏やかだ。

「そう……」アランドラはいっそう混乱した。「だったら……二度としないで」そう言ったとたんになんだかとてもおかしなことを言った気がして笑いだしてしまった。

だがその笑い声はすぐやんだ。マットの顔が近づいてきたのだ。キスをしようとでもするように。

アランドラは反射的に顔を遠ざけた。胸が急に高鳴り、頭にかっと血が上ったせいで、マットが何か言ったのに耳に入っただけで意味がわからない。気がついたときには肩を抱かれて傍らの長椅子に座らされていた。

「わたしはもう……」と言いかけてアランドラは立ち上がろうとした。

「知りたくはないの？」と彼が言いだした。「ここへ来てくれなくてはいけない、ってわたしがどんなに必死な思いで言ったか」

「必死な思いで？」マットの顔つきを目にしてアランドラは浮かしかけた腰を椅子に戻した。とても真剣で、しかも……どう言ったらいいかアランドラには見当もつかないほど特別な表情が表れていて……こんな顔つきをされたことはいままで一度もなかったから。

「そう、必死な思いでだよ」彼はうなずいた。「いまははっきりわかっているんだ。あの最初の日からきみはこの屋敷にいてくれなくてはならない人だったことが。窓から差しこむ日差しを受けてこの金髪を輝かしながら座っていたあのときから」

息が詰まる思いだった。彼の顔つきもだけれど、こんな言い方をするのもはじめてなのだ。座っていてよかった、と思う。脚が震えはじめ、力がなえていく。さりげなく彼の言葉を受けたいと思ったが、口ごもりながらやっとこう言えただけだった。

「じゃ……わたしがいなくて……さびしく思ってくれていたのね……あなたがたみんなで？」

「そう、わたしたちみんなで」と言ってから彼は膝に置いたアランドラの手をそっと取った。「とくに、わたしが……ほかのだれよりも強く……。きみがいないことがたまらなかったんだよ、アランドラ」

「ああ！」アランドラは思わず声をあげてしまった。ごくりと唾をのみこみながらマットの目をじっと見上げる。

「たまらなかったんだ。きみが出ていってからずいぶんになるから」彼はアランドラの手の甲にキスをした。全身が溶けてしまわないように懸命に自分を保つのに精いっぱいだった。「だから、何がなんでも帰ってきてもらいたかったんだ。それで、きみがアランのことでパニック状態になるかもしれないなんて、すぐには思いつかなかったんだ」そう言ってからマットはアランドラの目をのぞきこんでゆっくりと言った。「ここへきみに来てほしかったのは、わたしなんだよ」

アランドラは震え始めた。その震えをマットが感じ取らないはずはないとわかっても、止めることができない。

「どうして？」無理に声を出してアランドラはきいた。

マットはわなわなと震えるアランドラのもう一方の手をそっと取り、その手にもキスをした。「きみが行ってしまってからずっと地獄にいたようだった」

そう打ち明けられてアランドラは声が出なかった。それでも、何かを言わなくてはいけない。「どうしても……行かなくてはならなくて……」かすれきった声で彼女は言った。

マットの目から視線をはずそうとしても、どうしてもはずせない。やがてアランドラの頬がピンク色に染まりはじめた。頭のどこかで〝すぐここから駆け出るのよ〟という声がする。すぐ出なくてはいけない。だがマットに取られている手をはずすことができない。その声に従おうにも、脚が言うことをきいてくれない。

「知りたいね、どうして行かなくてはならなかったか」マットにそう言われてアランドラの頬はかっと熱くなった。だがそれでも彼の目から視線をはずすことができない。彼は静かな口調で続ける。「はじめわたしはきみが出ていったのが信じられなかった。それからきみに腹が立った。次にはそうさせた自分自身に腹が立った」

アランドラはかすかなあえぎ声をあげた。彼の顔が寄ってきて、頬に優しいキスが置かれる。彼はすぐ体を起こしたが、アランドラの唇をとらえたいという気持をこらえている様子が彼女にははっきりと見て取れた。

「きみにこの屋敷に滞在してくれるように言ったね。そう言ったのはアランのためだ、って自分に言い聞かせていたんだ」

「そうじゃ……なかったの？」アランドラは思いきってきいた。

マットは首を振りながら「ついこのあいだまで、認める気はなかったんだ」と言った。

「生意気な口をきくきみがいなくて、この屋敷が火が消えたようになっても、きみの明るい〝おはようございます〟で始まらない活気のない朝が続いても、認めようとはしなかった。だけど、きみからの小包がアランに届いたとき、きみの愛しているアランが七十歳になった特別の誕生日なのにきみが来ないと知ったとき……きみはこの屋敷に足を踏み入れる気がないのだ、とわかって、わたしはやっと認めなくてはならなかったんだ」

アランドラの喉はからからにかわいて口もきけないほどだったが、とにかく無理にでも声を出さなくてはならない。「何を……なの、マット？」

「見当もつかない？」

アランドラは首を振った。どうしても言ってもらいたい。彼の手がそっとのびてきて頬が撫《な》でられる。アランドラは体じゅうがかっと熱くなり、ごくりと唾をのみこんだ。

「きみはロンドンでだれかと暮らしている、愛していると言っていた男と一緒だ——その思いからのがれられなかった……」

彼に取られている両手をアランドラは思わずぎゅっと握り合わせた。彼の口もとにふっとほほ笑みが浮かぶ。

「そうだろうな、きみのことを考えつづけながらわたしがどんな思いで毎日毎日を過ごしていたか——きみにはわからないだろうな。もし真夜中にキッチンで泣いていたあのきみの泣き顔に意味があるのだったら——もしきみが、わたしが決めこんだとおりだと信じこませようとしているのではなくて、実際にそのとおりの女なのだとしたら——わたしの胸の中からきれいさっぱりきみを追い出そう——そんなことばっかりを考え続けていたんだ」

不安と期待に胸を締めつけられて声を出そうにも出せない。ぐっとのみこむようにしてアランドラはなんとか声を出した。「でも、追い出さなかったのね」

返事を聞く前に答えは彼の目の中に描《か》かれていた。彼は優しさのこもったほほ笑みを浮かべて言った。「きみにここにいてほしいんだ、アランドラ。ここに、わたしの家に。命が続く限り。この屋敷こそきみの家なんだよ、マイ・ディアー」

アランドラはほっと息をついた。だがまだ、思い違いをしているのではないか、という恐れが残っている。そうではないようにと祈るような気持で、声をわななかせながら彼女はきいた。

「わたしがアラン・トッドの孫娘だから？」

彼はそっとアランドラの肩をつかみ、大きく見開いているグリーンの目を深々とのぞきこんだ。

「きみがわたしのハートをしっかりとつかんだからだよ、マイ・ダーリン」彼は愛情をこめてささやいた。

〝マイ・ダーリン〟というささやきを耳にして、膝に置いたアランドラの両手はきつく握り合わされた。わたしを愛している、ということだろうか？　あんなふうに顔を合わせるといがみ合ってばかりいたというのに。でもあれはただのいがみ合いではなかった。言い争いのあとには、わたしはいつも妙に活気づいていた。マットもわたしと同じだったのではないだろうか？　もしそうなら、とてもまわりくどいやりかたで、愛し合っていたということではないだろうか……？　ききたいことは山ほどある。マットもアランドラが何か言いだすのを待っている。だがアランドラは彼に言われたことに圧倒されてしまっていて、何を言おうにも声も出ない。やがて彼の目になんだかとても自信のなさそうな色がゆらいだ。そんな表情になるのを見るのは、アランドラにははじめてのことだった。

「きみがわたしに対して平気ではいられない、と思っては間違いなんだろうか？　きみはわたしの顔を見るたびに神経質になっていたと思うのは？　いまこうしてきみが震えているのは、わたしに何か特別な感情をいだいているからではなくて、やっぱりわたしはきみに嫌悪を感じさせるだけなんだろうか？」

「マット……」嫌悪なんか感じるわけがないわ、とアランドラは叫びたかった。だが胸がいっぱいで声にならない。〝マット〟と言ったのだってかすれきっていてまるっきり声にはなっていない。

「とんでもない誤解をしているんだろうか？」彼の顔には緊張がみなぎり、アランドラの肩をつかんでいる手にはぎゅっと力がこもる。「あの夜、きみが泣いていたあの夜、お互いに共感し合ったあの何十分かを、一時のものではなくもっと長く……」彼の口もとがひきつる。「命の続く限り共有できると思ったのは……」

アランドラはうれし涙がいまにもこぼれそうな感動に胸を震わせていた。だが、マットの目には、アランドラの返事を待ちかねていまは切迫した表情が浮かんでいる。マットにいつまでもそんな思いをさせていていいわけがない。

「あなたが……言っていることは……わたしを……愛しているということなの？」アランドラはやっとそうきいた。思いもかけないはにかみにとらわれながら。

「わたしが言っているのは」完全に見当違いをしていたのではないか、という色が彼の目にいまはありありと表れている。「愛しているということだよ、アランドラ」

アランドラの目に涙がきらきら輝き、たちまちのうちに愛情に満ちた晴れやかな笑みがひろがる。マットが続けた。

「きみを夢中で愛しているんだよ、ディアー、ディアー・アランドラ。きみをわたしの妻にするのでなくてはこの心はとうてい静まりはしない」

もうこれ以上こらえていることはできない。アランドラの目にみるみる涙の粒が盛り上がり、大きな滴になってしたたる。「ああ、マット」ほとんど声にもならない声で言うアランドラを彼は引き寄せた。このうえない幸福に酔いしれているアランドラを彼は深々と抱き締め、アランドラの額にそっとキスをした。

それから彼は抱擁をゆるめ、優しい手つきで涙の跡をそっとふいた。ふたりはじっとお互いの目を見つめ合った。彼の目からはせっぱつまったような色は消えている。アランドラの胸の思いを見間違えてはいないことが、はっきりわかったからだろう。

〝愛しています〟とこの人にはまだ言っていない。アランドラはやっとそう気づいた。わたしも言わなくては、マットへの思いをそのまま。わたしの思いの丈をひと言にちぢめて。

だがどうしたことだろう。アランドラの口をついて出たのは自分でも思いがけない言葉だった。愛の告白ではなくて、嫉妬に満ちた声だった。

「コリーン・ハミルトンのことは……」

マットもそんな名前がいまアランドラの口から出るなどとは思ってもいなかっただろう。彼が期待していたのは愛の告白だっただろうから。だがそんなことはそぶりにも出さずに彼は口の端をきゅっと上げて、静かな口調で言い返した。

「きみだってヘクター・ノーランが……」

「ヘクター・ノーラ……」アランドラは思わず大きな声をあげたが、すぐにっこりと笑った。ヘクターから電話がかかったことを思い出したのだ。わたしには愛している人がいると言ったその人をマットはヘクターと思いこんでいるのだ。

「ほかに愛している男の人なんていないわ」アランドラは今度ははっきりと言った。「うそをついていたの」

マットはほっと息をついたようだった。だが彼は念を押すようにきいた。

「じゃ、どうしてヘクター・ノーランはここへ電話をかけてきたの？」

「ここへ今夜、連れてきてくれたのはヘクターだったの。本当にすばらしい人なの」とアランドラは言ったが、マットの口もとがちょっとこわばったのを目にして、あわてて続けた。「かわいいお子さんがふたりもいて、とても幸せな結婚生活をしている人よ」マットの顔が晴れてゆく。「わたしはずっとヘクターの仕事を手伝っていたの。でもわたしのあとに入った人とはうまくいかなくて……。ヘクターはわたしのフラットの家主でもあるの。部屋代を送ったときに、祖父の家に滞在しているということも書き添えたせいで、電話帳を探して彼は電話をしてきた――そういうことだわ。戻ってきてくれないか、ってね」

「それでここを出ていってから……」

「その日からまた彼のオフィスで働きだしたわ。彼の秘書が勝手に辞めて出ていってしまっていたので」どうしてもきいておかなくてはならないことがあるのを思い出して、アランドラは口ごもりながら言った。「あの朝はどうしてあんなに怒っていたの、マット？もしかして……やっぱりおじいさまがおこづかいをくださった、そのことで？」

「そんなことじゃなくて嫉妬に責めさいなまれていたんだ」と彼は言った。「ほかの人を愛している、ときみははっきりと言ったし、その男はロンドンにいるに決まっているからだ」彼の口もとに苦笑いが浮かぶ。「特別な人のキスには比べられない、ともきみは言ったしね」

「あら、そうだったかしら」アランドラは言った。いたずらっぽい目つきになったアランドラをマットはぎゅっと引き寄せた。

「恥知らずめ」優しく彼は言った。それ以上、言葉を交わす余裕はふたりにはない。ふたりの唇が重なった。むさぼるようなキスが続き、アランドラもいまは心ゆくまで彼のキスに応じることしか考えなかった。やがて彼の唇がアランドラの口を離れ、顔じゅうに優しいキスが移る。それからまた唇へのキスが続いた。ふたりはそうしていつ果てるともなくキスを繰り返した。

キスはそのたびに長く激しくなり、アランドラは息もつけないほどだった。マットもそうだったのだろう。顔を上げて息を整えなくてはならない様子だった。

ほれぼれとアランドラの顔に目をそそぐマットを見上げながら、アランドラはふっと言った。

「じゃ、あなたは……嫉妬していたのね？」

「していたなんていうどころじゃない。気が狂うかと思ったほどだ」彼はピンク色に染まったアランドラの頬になごんだ視線を移しながら言った。「きみのことをかけがえのない人だと思うようになる前から、嫉妬に苦しんでいたんだ。ロビーがきみに運転を教えるということさえ我慢できなかったんだ」あのころのマットの不機嫌な顔つきを思い出してアランドラは驚きの声をあげた。「そもそものはじまりは、男の手で書かれたきみ宛《あて》の封書を見たときだよ。それから、ヘクター・ノーランと名乗る男からの電話を受けたことで、嫉妬がくすぶりだした。だけどわたしの胸を本格的にむしばみ始めたのは、ビドゥイックでの舞踏会からだった。あのときは、きみとダンスをするために男どもの行列ができて……」マットはいかにもいやそうに言った。「死んでもその行列のしっぽに加わるものか、と自分の胸に言い聞かせていたんだ」

「でもわたしとダンスをしたわ」

「フランク・ミリントンみたいないやなやつにローズエーカーをうろうろされたらたまらないからそうするんだ、ってやっぱり自分の胸に言い聞かせてだよ」彼はそう言うとちょっとわびしそうな笑みを浮かべた。「そういうことも含めて、わたしが狭量でしつこくて頑固だったことを許してもらえるだろうね？　そのときには当然、きみを愛していることを認めているべきだったんだから。きみがもうこっそりとわたしの心の中に忍びこんでしまっていることは、きみにここに滞在してくれるように頼んだときにはわかっていたんだから」

「頼んだ、ですって？」アランドラはそう言わないわけにはいかなかった。「あなたは千ポンドを条件にしたのよ！」

「許してくれないか？」と彼はすぐに言った。「とにかくわたしの持っているすべては、きみのものだ」

アランドラはとっくに許しているのだ。にっこりと笑っただけだったが、それで充分、マットはわかっただろう。

「わたしが電話したとき、家にいたのは……」アランドラはふと思い出して言った。「今日はどうして早く帰ってらしてたの？　おじいさまのお誕生日だから？」

「今日は会社へは出なかったんだよ」マットはちらっとほほ笑んだ。「もちろん、出ようとはしたんだ。だけど出かけようとして朝食のテーブルを立ったときに、アランが手持ちのカードを一枚ちらっと見せたんだ。きみが電話をしてくることになっている、ってね」マットはどうにも我慢できなかったのだろう、アランドラの頬にそっとキスをして、それから続けた。「だからずっと書斎で待ってたんだ。電話が鳴ったとたんに受話器に手をのばせるようにね」

「ああ、マット」とアランドラは叫ぶように言った。今度はアランドラがキスのお返しをした。もちろんはにかみながらだけれど。四時までそうやってわたしの電話を待っていたのだ。目の奥がじいんと熱くなった。

彼に深々と抱き締められて、また長いキスが続いた。こんな幸福がいつまでも続くわけはない。少しこわいほどだった。だが彼の抱擁が解かれたときにも幸せな気持にはひびとつ入りはしなかった。マットがすぐ、ヘクター・ノーランは早く新しい秘書を探し始めなくてはいけないな、と言ったのでアランドラは反射的にコリーン・ハミルトンのことを思った。

「コリーン・ハミルトンも新しいエスコートを探さなくてはならないわけね?」だが、マットの返事を聞いて、アランドラの顔には晴れやかな笑みがひろがった。

「マイ・ダーリン、きみが出ていってしまってから、どんな女性ともゆっくり過ごしたことはないよ。もちろんコリーン・ハミルトンとも」

「でも……よく、出かけたんでしょ?」きいてしまってから、きかなければよかったとアランドラは思い直した。だがマットはアランドラの嫉妬をわずらわしいとは思っていない様子だった。自分が嫉妬で苦しんだことを思ったのかもしれない。

「いられなかったんだ。きみが家にいたときには」マットが〝家に〟と言ったとたんにアランドラはぞくっと身を震わせた。「わたしはいらいらするばかりでとても落ち着いていられなかった。きみが出ていくと屋敷はモルグみたいになってしまった。きみのいないそんなところにいられるわけがない」彼はアランドラにほほ笑みかけ続けた。「コリーンとは舞踏会のあとで一度だけデートをした。女性ならだれだっていいんだ、と無理に思いこもうとして。だけどたった一度デートしただけでうんざりしてしまったんだ。完璧《かんぺき》なメーキャップで作られたあの美しい人の頭の中身は、以前と同じ欲のかたまりだったんだ。かたまりっていうよりも、おがくずがいっぱい詰まっているだけなんだ」

アランドラはくすくす笑った。

「ずいぶんひどいことを言うのね、マット」

マットも声を合わせるように笑ったが、急に真剣そのものの顔つきをして尋ねた。

「わたしのことは愛してくれてる？」

「愛していることはとっくにわかってるでしょ？」とアランドラが答えると、とたんに彼はほっと肩の力を抜いた。

「ああ、なんてありがたいことだ！」

彼はアランドラを強く抱き締め、また激しいキスが続いた。ああ、なんという甘美なキスだったろう。彼につけられた情熱の火を思うさま燃えさからせて、アランドラは彼に抱きすがっていた。気がつくとアランドラは長椅子に横たわり、彼の体が重くのしかかっている。アランドラがあえいだのは、だが、もちろんのこと、彼の体が重かったからではない。

だしぬけに彼が体を引いて立ち上がった。荒い息をしながら彼は言った。

「アランのためにディナーへ顔を出さなくてはいけない。それに、すぐ行かないと――いまキスをやめないと――マイ・ラブ、彼の誕生祝いのテーブルに三代の家族がそろうことになってしまう」

アランドラの頬は真っ赤になった。とっくに赤くはなっていたのだけれど、それに輪をかけたように真っ赤に……。

シャツとスラックスだけの自分の身なりを見おろしてアランドラは言った。

「でもこれではお祝いのディナーにはとても出られないわ！」

だが、まだ激しい色を残したままアランドラの全身にそそがれた彼の目は、きみはこの姿で完璧だよ、と言っていた。

「アランは許してくれるさ。きみがテーブルを囲んでくれることが何よりなんだから」彼の声は深い愛情でかすれていた。

彼はもう一度アランドラにキスをし、彼女の手を取ってドアへ急がせた。

ドアを閉じると、彼はアランドラのウエストに手をまわし、階段の方を向かせてから、きらきらと目を輝かして見上げるアランドラをじっと見おろした。

「そうに決まってるさ」マットは話の続きのような言い方をした。アランドラは彼の目を見つめていることだけに夢中で、彼がなんの話を続けようとしているのか、思いつきもしなかった。「許してくれるに決まってるさ」と彼はしゃがれ声になって繰り返した。「わたしたちが結婚するのだということを聞けば」

●本書は、1985年7月に小社より刊行された作品を文庫化したものです。

ばら屋敷

2013年10月1日発行　第1刷

著者　ジェシカ・スティール

訳者　三木たか子（みき　たかこ）

発行人　立山昭彦

発行所　株式会社ハーレクイン
東京都千代田区外神田3-16-8
03-5295-8091（営業）
0570-008091（読者サービス係）

印刷・製本　大日本印刷株式会社

 ISBN978-4-596-93545-8